All the Beautiful Things in Our Times

# 这个时代的审美

李蕾——编著

陕西新华出版传媒集团
三秦出版社

那些独一无二的人被看见、被怀念、被记录下来，这是我唯一的安慰。

目 录

**序**

| | | |
|---|---|---|
| **马未都** | 美没有标准，也没有共识 | 01 |
| **肖全** | 时代与美的记录者 | 19 |
| **田沅** | 寄居幕后，在这个充满假象的时代 | 37 |
| **邬君梅** | 漂在好莱坞的上海女人 | 53 |
| **陆川** | 一个导演的自白 | 69 |
| **李泉** | 我对音乐，贪得无厌 | 87 |

# 目录

| | | |
|---|---|---|
| **蒋琼耳** | 创造有温度的美 | 103 |
| **叶蓓** | 把青春唱给你听 | 119 |
| **六神磊磊** | 金庸教我的审美 | 137 |
| **姬十三** | 让科学走进大众审美 | 153 |
| **马晓晖** | 带着二胡走世界 | 169 |
| **陈焕然** | 医美行业的科学狂人 | 185 |
| **胡文阁** | 我是梅派第三代男旦传承人 | 203 |

# 序

美一旦被唤醒,就像暴君。

二战时期,人们连黄油和面包都吃不上,买不起丝袜,就在小腿上画一条黑线。

《南方周末》采访林青霞,问她什么样的男人有魅力。林青霞说:"有一次,我看到杜可风在看他拍的菲林,非常专注,他长得并不好看,哇,当一个男人专注于他很热爱、很擅长的事,那种神情和氛围,就会产生一种美。"

当年作家木心在牢狱里,污水遍地,每天吃酸馒头和发霉的饭菜,晚上,他找来一张白纸,画上黑色琴键,在这无声的键盘上弹奏莫扎特和肖邦。

我想,从来没有人能够对美免疫吧。

它并不专属于有才华的人,也不宠爱伟大的人,只要你活着,总有一些瞬间,会让你的心猛跳一下,感受到生而为人的壮阔,你我都一样。

2016 年，我开始拍摄《这个时代的审美》，中国第一部记录时代审美的大型人物纪录片。好多人问我：你为什么要干这件事儿？说实话，我也不知道。唯一能确定的是：这件事儿很贵，它几乎花光了我的钱，一丝一缕，散尽了我手脚里的力气，但我就是忍不住。

你有过那种感受吗？如果喜欢一样东西，无论它是手艺、姑娘、金子，或是别的什么，一旦你真心喜欢了，吃饭走路都会惦记，逮住机会就想碰一碰，肯下笨功夫，完全不计较时间，也不在意别人是不是理解。

这是一个人的修行。

在巍峨的山上，我曾经看到工人们雕刻佛像，石屑进飞，如同大雪弥漫，渐渐显示出心中爱慕和熟悉的轮廓。从那时候起，我坚信每个人都有难以放弃的渴望。不管你愿意，还是不愿意，你总想重塑自己，过上另外一种生活，遇见未知的世界，我把这种渴望称为"少年气"。

只是随着时光流逝，少年慢慢被磨平了棱角。

每一次妥协，每一次苟且，都把我们变得更加平庸。在和生活的全部战争中,我们所获越多,越接近遇难者。

我一直想知道:那些从未被满足的心愿,从未成为的人,是随着时光一去不返了,还是它根本没有离开,只是睡着了?

我认识一个男人,他坚持使用一款诺基亚手机,屏幕已经被摔得四分五裂,再也找不到地方修复。他抚摸那些裂痕,就像一个盲人用手指抚摸无法相见的爱人面颊。这伤痕累累的不屈服,不知道是好还是不好,我只是觉得,那很忧伤。

所以,《这个时代的审美》是忧伤之作。
这本书,是我的心爱之书。
我的确是这么认为的:这不是我一个人的作品,而是每个人心底那个被现实冰封的少年,它不肯屈服,促使我们认出彼此,在这个时代里相遇。

事情要从 2016 年 8 月说起,确定要拍这个纪录片,小伙伴们都很兴奋。我们的设想是:找到华语圈最具代表性的五十个人,认真聊聊这个时代的美和审美。我和制片人藤井树各自拿了一张白纸,在上面写名字,列出心目中最合适的拍摄对象。要求是:有知名度,有影响力,对美有研究,还要能上镜。两人埋头一通狂写,然后把这些名字摆在一起,就这么开始了。

这些人的身份很复杂：收藏家、作家、歌手、演员、设计师、漫画家、摄影家、科学家、企业家……即便放在同一本书里，也个个有样子，个个不一样，绝不能混搭。

我爱这本书，因为我和书中每个人的想法都被尽情披露了。我们敢有自己的议论和见解，这些想法可能极为抽象，不接地气，也不怕争议和惹祸。一旦人决定说真话、说人话，谁还顾得上是不是接地气呢？这正是我对他们怀有感情的原因。

和小说不同，这本书没什么故事和悬疑。你打开它，就看见一个人在坦白，在光天化日下制造问题，贡献作品。他们交代自己在做什么，在思考什么，想要留下什么。你可以随时拿起来翻看几页，也许只有一个句子是你喜欢的，那就值得躺在床上看几页。也许你会发现：这个时代终究也不是一个多坏的时期，总有一些有趣的东西，让人感受到人生是浪漫的。

一本书诞生后，就会拥有自己的命运。

虽然我很了解这个规律，但老实说，我还是有点小小的渴望，渴望这本书就像一个挂在书架上的钟表。也许你现在毫不留恋的时间，在多年以后，会成为一个怀想。

希望有那么一天，你会从书架上拿起它，就像对着时间许愿：

大钟,让我们回到那个时代去看一看吧。

每个人都希望拥有穿越时空的能力,因为我们对于过去的怀念是深刻的。

必须要说明的是:让我念念不忘的,绝不是千百年前。

和那些不属于我们的时代相比,我更在意自己经历过的时光。现在想起十几二十年前,我恨不得懊恼地哭一场,有些事、有些人像错误一样不可补救,但我回不去了。我嫉妒一朵雪花,因为它可以重返大地。

在某些低落的时刻,我和大多数人一样,憎恶这时代,想要逃避它,想要反抗它,想只要迷人,不要吃苦。尽管这些低落时刻并不持久,可它很难熬,喝酒、跑步、工作甚至爱情都没什么用。也许,爱情有一点点用。当我站在低谷里爱着别人,终于发现,每个人都是那么不容易、那么有限。

是在一个又一个希望破灭之后,我才真正开始热爱这个时代。和同时代的人在一起,就没有幻觉,也没有东西可以隐藏。我们呼吸同样的空气,饮用同样的水,使用这个时代的语言,同样的月光照耀在我们手臂上。因此我们的对话可以像一把锋利的刀,直接劈开心底的想法,这是活在老远以前的人无法分享的。

一个人不能脱离他的时代，就像不能冲破他的皮肤一样。当死亡带走一切，时间结出的果实依然熠熠生辉，在皮肤上现形。那些独一无二的人被看见，被怀念，被记录下来，这是唯一的安慰。

感谢所有接受我拍摄和访问的朋友们，以及这部纪录片的制片人藤井树，他们不仅付出了宝贵的时间，还对我寄予了盲目的信任。还有我团队里的小伙伴，他们大多是90后，常常做出混乱和大胆的评价，让我不敢衰老。最后是腾讯纪录片频道首播了这档节目，并且告诉我点击率还不错，我说要和他们喝场大酒，但并没有实现。还有上海朵云轩的路燕女士和杨中耀先生，是他们促成了这档纪录片的院线放映。第一场首映礼，现场277个座位，后台索票的超过三千人，马未都先生问我：能换个大点的地方放映吗？我说不能，那是我第一次拒绝他，感觉很爽。

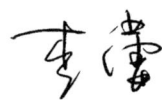

# 马未都

文化学者、观复博物馆创始人

# 李蕾说 马未都

他跟我说:"等没事干了,我专门开个怨妇聊天所,肯定能把她们聊得特高兴。"

说这话的人是马未都。中国十几亿人,叫马未都的就他一个,他查过。

马先生真是独一无二,只要见过他一面,就很难忘记。

在这个喜欢定义的时代,所有人的命运越来越相似,连脸都越来越相似,这就像一出闹剧。但马未都一直跑在绝大多数人的对立面,跑着跑着,时代忽然掉转头,他又变成跑在最前面的那个,这很有意思吧,马先生是个奇人,他很难被定义。

第一次和他录节目,我有点吃惊,心想:他这么高啊,还有大长腿,并不是电视里那个小老头儿嘛。心里这么想,嘴巴很诚实,就问他有多高,他眼皮撩了一下,闷声说:"一米七九。"那天节目录得很精彩,导演说你们拥抱一下吧。他眼皮都不抬,说不拥抱,混太熟了以后不好拒绝。

他存我的电话号码,那时候还没有微信,鼓捣了好半天,说:"你等一下,我这手机号码满了,加你一个就得删掉另一个。"我想起有本书叫《我的朋友胡适之》,写民国时期,胡适的朋友遍天下,几位大先生在茶馆里聊起他,跑堂的小二来擦桌子,说:"胡适之啊,那是我朋友。"马先生也是这样的交游广阔,认得各种各样奇奇怪怪的人。我跟着他见过上《时代》封面的人,也见过盗墓人。那人长得极像一把洛阳铲,头非常尖,给我留下了深刻的印象。

这几年马先生常常在观复博物馆的院子里会客,上至达官贵人,下至贩夫走卒,来者不拒。傲慢的人,受到他好茶好话的款待就高兴;笨拙的人,在他面前也不怎么紧张。他有股子民国时期的民主作风,毫无社交方面或才智方面的势利眼。

拍摄马先生是在夏天。我带着三台机器、两盏灯、十多个人,占据了北京观复博物馆,偌大一个院落,猫才是这里真正的主人,猫们走来走去,我努力和它们搞好关系。拍摄当中,有游客发现了马先生,趴在玻璃墙上看热闹,鼻子挤得扁扁的。马先生停下来,对他点点头,说人家终于看见个活的,得招呼一下。

有那么几年,我做着一档小日播的谈话节目,话题五花八门,极其分裂,每次找不到合适的嘉宾,编导们就提议:咱请马先生来说吧。马先生特别能说。"能说"往往带着点儿贬义,有些老师无所不谈，却不产生任何价值。做了多年节目，我得了个怪病，一听见正确的废话就打瞌睡。但马先生不同，和他做节目，我总是眼冒绿光，他能引发我对人和历史的饥饿感。

作为一个收集谈话者的人，我可以负责任地说：你很难找到比马未都质量更高的谈话嘉宾了。他有料，像个行走的百科全书，见识渊博，在事实依据方面无可指摘，一些再生僻的事情，听他说说，你就能有个一鳞半爪的了解。他不仅有料，还有趣，口才好，善于讲故事，能把一件事儿讲得很精彩。最为罕见的，是他有性情。说一件事儿，最令人头疼的就是人人都有道理，但人人都没常识。马先生不编造什么事实，也不哗众取宠，对于很多事很多人的看法，他总是敢于判断，并不暧昧。换句话说，他不怕直言对自己有什么牵累。

马未都是大院子弟。这个词儿有着浓郁的时代感，姜文的《阳光灿烂的日子》、冯小刚的《老炮儿》说的都是大院子弟。和老百姓不同，大院里的孩子身上有一股生猛的优越感，敢弑父敢上天，没那么正经又规矩森严。我看过一篇文章，盘点那些"干成事儿"的大院子弟：收藏家马未都，空军大院的；拍《甄嬛传》的郑晓龙，总后大院的；崔健，空政文工团的；许晴，外交部大院的，爸爸是贺龙的警卫员；叶京，跟王朔一个院儿的发小，在《甲方乙方》里演一个作死的大款，跑乡下吃苦把整个村的鸡都吃光了，后来叶京拍了《与青春有关的日子》，那是大院子弟的一部挽歌；还有俩兄弟，也是大院出身，据说打架手特黑，后来搞了个电影公司，叫华谊。

马未都的性情盖着大院文化的戳儿。那一拨人年轻时见得多，经得广，有家国意识，恃才傲物，不怕做各种荒唐事儿，压根儿看不上什么"佛系"，什么"坐在宝马里哭"。马未都年轻的时候爱玩，和王世襄先生玩，几十年玩过来，人家都叫他一声"马爷"。马爷有个儿子，二十几岁谈恋爱，带姑娘回家，马爷站在门口偷听，他说："我就想知道现在的年轻人都怎么谈恋爱。"听了半天没动静，马爷忍不住，找借口进去看，俩年轻人一人抱一个笔记本电脑，在网上聊天。这有什么意思啊？马爷问儿子："你们年轻人谈恋爱都不惦记那事儿？"儿子说："那有什么意思啊。"马爷有点气愤，说："我们年轻的时候，觉得只有这事儿才有意思。"

鲍勃·迪伦的歌词里写道：

那些老规矩，都已不合时宜
领先的终将落后
因为时代正在改变

真正的马先生是什么样的？谁也不十分清楚，越丰富的人越难以描述。我知道的是他像一团火，本质是燃烧而发热，对于好事坏事和非好非坏的事，只要存在一丁点儿新意，他总是要问个为什么，表现出极大的好奇心。在这方面，他和他心爱的布偶猫有着一样的警觉。

2008年对于马未都来说很特别，在那一年的《百家讲坛》上，好多人知道了那个讲文物的"老头儿"，说他大器晚成。他有点不乐意，说："我还真不是大器晚成，三十五年前我就是网红。"

三十五年前，马未都在报纸上发表了自己的第一篇小说。因为能写，他从一个铣工成为青年出版社的编辑。1981年冬天，中国青年报社举办作品研讨会，规模非常大，请了两个青年作家代表，诗歌请的是顾城，小说请的是马未都。

当编辑十年，马未都手下出了许多好作家，到现在他们的名字都很吓人：王朔、莫言、苏童、刘震云……后来他当文学策划，当编剧，折腾出《海马歌舞厅》《渴望》。所有人都认为文学的黄金时代还未落幕，他不玩了，开始收藏文物，研究古董。

《百家讲坛》之后，有人叫他马教授。"马教授"最明显的特征是：他绝不是教授。他绝不是思想靠前，生活靠后的人。马先生没有神秘之处，他有钱，并且懂得享受。他带我吃菜、喝茶、玩耍，说年轻时候要多见识好的。他养猫，喝酒，冬天怀里揣个蝈蝈，喜欢古怪的地方和聪明的女孩子。之所以致力于学问，是因为他觉得这事儿有意思。

几年前马先生宣布把观复博物馆捐了，裸捐。

我问他："你不心疼啊？"他说："我是走投无路。"

我吓了一跳，没听懂。

他说："这么大一笔财富，我不能留给儿子，人在太年轻的时候驾驭不了巨额财产，我只有一个儿子，不能害他。如果我活着的时候没把这件事儿交代清楚，留下来就是祸害，家族势必四分五裂。趁着我现在头脑还清楚，没糊涂，必须把这件事儿（裸捐）办了，否则人老了，又有钱，身边的坏人肯定越来越多，容易受蛊惑，干出后悔的事儿。"

世界上出现过那么多伟大的家族，那么多富可敌国的人，他们留下了很多智慧，可是马未都先生的这几句话，我一直牢牢记着。他的野心都在光天化日之下，并无暗影。他教会我认真对待心中所愿。

我问马先生："猫和女人，你更爱哪个？"

就像我们第一次见面时那样，他眼皮撩了一下，说："当着女人的面说更爱猫，是不是有点不礼貌？"

我曾经问过他："什么样的女孩子是好看的？"

他说："年轻的时候我还能判断女孩子好不好看，现在只要是年轻女孩，我觉着都挺好看。"

一晃十年。

# 美没有标准，也没有共识

我们每个人都背负着时代的烙印。一个时代最重要的信号是通过文化传递的。

社会一直在改变，尤其是文化环境。二十世纪八十年代的姑娘的气质，与现在的女孩很不一样，这都是整个时代造就的。比如北京大妞这种说法，我觉得北京大妞跟老炮儿的对仗比较严谨——老炮儿是有担当有算计，但他这种算计不是斤斤计较的算计，是有格局的算计；北京大妞是有襟怀，按照过去北京话说就是"混不吝"。在电影《老炮儿》里饰演话匣子的许晴，就很有那个劲儿。

在我的经历中，年轻时碰到过很多女孩儿都不是太吝，这个不吝是不吝惜不吝啬。在北京话里算是个正面的词，起码是男人喜欢的。男人特别怕女人跟他算计，其实男人都自恃，或者自认为自个儿的智商是高于女性的。所以，女性要是一跟他算计，你让他感觉到了他就会很不舒服。女人不算计才能获得很多男人的好感。我认

铜胎掐丝珐琅鹌鹑摆件一对 清乾隆

饶州窑青白釉卧犬 北宋

铜鎏金錾花云气纹虎 汉代

识的所谓北京大妞,或者说我认识的女人,有社会地位,有钱,尤其是有钱的人,大部分都大大咧咧。男人很愿意支持不是特别算计的人,你不跟我算计,我就也不跟你算计,就不再去计较一城一地的得失了。

现在很多人都活在美图时代,我不能理解。

随着年龄增长,男人的审美是会有很多变化的。年轻的时候,男人为了女人的漂亮可以委屈自己的一切。什么叫委屈自己的一切呢?就是只要她答应跟我好,我宁肯说瞎话,宁肯干很多坏事。我跟一个女性朋友聊天时说:"我告诉你,男人是很容易分辨的。男人在四十岁以前都是说瞎话的,四十岁以后,他开始逐渐说实话,是因为他没有说瞎话的必要。"而且到了我们这个年龄,女孩只要年轻,怎么看都漂亮。

而且,尤其是我,现在的审美尺度变得越来越宽。过去的审美都是被人家设定的,是后天学成的。人在学习的时候,如果你不停地给他一个提示,比如说网红脸,他就觉得这个很漂亮。现在的瓜子脸是过去文学描写中很漂亮的一种脸,但那时的瓜子脸是指西瓜子脸,现在都是葵花子,就不好看了,因为过去葵花子叫老玉米脸。如果年轻人认为这个很美,那他就已经被训练成功了。你没有思考,就会顺着别人的思路去看。

又比如,中国历史上描述小脚的诗歌、散文、词曲比比皆是,但你找不到一篇描写乳房的。古人不看重这个美,大家认为那是个奶孩子的工具,所以中国的古人不去描述,对女性的乳房也没有要求。可是当今,这个重心全往女生上半身扑,说谁比谁大,谁的事业线露出来了,还是怎么着。天天说这个,大家就都很注重这个事儿。

但这并非意味着我们这个时代在朝下走,因为审美不是天生的,都要通过后天学习获得的。但创造美可以是先天的,有很多人天生具有创造美的能力。所以需要社会起一个导向作用。

为了便于大家理解,我将大众审美分成非常通俗的四个层次,而非谈论中国美学论。你要是清楚了,就会知道自己站在哪个位置上,然后你的要求就会不一样。你在四层审美之中,但不能跨界要求别人。这事儿就是我彻底自个儿分的。

第一层是艳俗，即广泛的审美，这个广泛的审美不仅仅适用于东方，西方也一样。比如好莱坞大片就归为艳俗的审美，因为大部分人都能接受。不仅如此，从中国民间的社火，到贴门神和年画，艳俗这一审美标准都能在民俗上体现出来。再如农村婚礼中的吹拉弹唱，过去农民的那种大红被面和鸳鸯戏水，都是艳俗。每年春节的时候，万众瞩目的春晚也是个艳俗的大晚会。只有做到艳俗才有人去欣赏，因为这是大众最容易接受的事。

第二层是含蓄，简单来说，就是最多让你看见七分，有三分藏着。中国人对含蓄最容易理解的就是唐诗宋词这种表达，李清照、李白、苏轼的诗词都具有含蓄的力量，他们的表达技巧都超出我们的想象，而且不受时空的局限。

比如说苏轼的《江城子》，开篇就是一大白话"十年生死两茫茫"，单刀直入，直接把主题告诉你；然后他说"纵使相逢应不识，尘满面，鬓如霜"，这一个不可能发生，但又充满无限可能的假设句，只能让我们望洋兴叹；下半阕，他由动态写到静态，在结尾时将所有的思念变成一个黑白照片——"料得年年肠断处，明月夜，短松冈"。苏东坡能将平白直铺的句子，写得如此有力度和层次，从审美和立意的角度看，我们都写不过古人。

但很多文人都希望把自己的东西做到极致，这就到了第三个层次——矫情。比如毕加索的画作，没人能看得懂，他创造的立体主

观复博物馆，北京

义的本质，就是不让你看清楚脸是哪一面。这种矫情的表达方式，受众是最小的，即使毕加索这样的艺术家备受推崇。而在一张白布上画一条黑线这类的抽象画，就又到了一个矫情的极致。

第四层是病态，是审美的金字塔尖。能不能进入到这个尖上，决定着你能不能在这个社会中释放。比如缠足是极为病态的，今天所有人都不理解，脚被扭曲变成残疾有什么可美的，但中国历史上的大文人，有社会地位的人，都曾无尽地赞美过。又如《红楼梦》中推崇的"男子女性美，女子病态美"。娇袭一身之病的林黛玉展现出的病态，才能达到这种登峰造极的审美，所以一定要进入这个状态才能得以释放。中国能释放出来的这种审美，就是释放到全社会都能接受的，大致上都是如此。

话说回来，美没有标准，也没有共识。如果非得说出个标准，健康美和自然美肯定是全球都可以公认的第一条，健康和自然是可以画等号的，其他就没有标准了。我倒是很希望，一个人的审美是宽泛的。

但我是反对整容的。这句话很得罪人吧，很多人都整过容，我得把这话找补半句回来——我反对整容，但我不反对人的自由选择。

按照过去古人的话说，人之身体发肤受之父母，在过去就是毁之不得，你不能随便去改它。其实很多人根本就不懂，你长得已经很好了，你一整就给整坏了，而且个性化存在是特别重要的。俗话说，人在四十岁以前的脸是爹妈给的，四十岁以后是你修行来的，跟你的读书和修养有很大关系。从这个角度上讲，我们有机会多读一点书，对改变自己的容貌可能是有好处的。读书是一定有好处的。

这个时代的审美非常混乱，没有理论支持。

我们过去的美是有理论支持的，先秦的时候有诸子百家，汉以后，有释道儒三家，都表明了你的美的来源，你的最初是从哪儿开始形成的。但我们一百多年来的中国人，一直没有找到目标。所以我们今天目力所及的，不管是一座城市、城市中的建筑，还是一部电影、一本书、一个节目，都会发现有很多的问题。即使我们以宽泛的审美去看这些事物的时候，依然会存在问题。

所以我认为，中国在目前的情况下，审美处于一种很混乱的状态，没有自己的个性，看不出自己。美国的审美是一个很土豪的审美，但是能看出来，一看就是美式的，但我们没有。我希望将来中国的审美有理论的支持，让我们的美变成世界各民族审美中十分强大的一支。

# When
# Lei meets Du

在观复博物馆,

我们选择用猫打开一条跟社会沟通的渠道。

除了做观复猫漫画,我们还为猫设立了办公室。

通过猫来讲述我们的人生,以及猫的猫生。

# 对话

蕾：记得有一次，我问你为什么要创办观复博物馆，会不会舍不得这些收藏多年的文物？你跟我说，你走投无路。我印象特别深。

都：是的，因为在这些文物面前，或者说在这个世界上，你就是个过客，文物的生命力更强。

蕾：所以在文物几千年的生命中，有一个叫马未都的人，实际上是被那些瓶瓶罐罐收藏了。

都：是的，可以这么理解。

蕾：那对这些文物来说，马未都意味着什么呢？

都：我是闯进它们生活的一个人。我希望能通过创办观复，以身作则地做这么一件事儿——把文物社会化，让每一件文物完成它的历史使命，让这个社会变得别那么土。

# 肖 全

"中国最好的人像摄影师"

历经十余年拍摄完成大型摄影集

《我们这一代》

## 李蕾说 肖全

夏天的淮海路落了一场大雨。

我在咖啡馆买了一把长柄雨伞,斑马纹的,撑着它去见肖全。他穿着红衣服,远远地站在绿树下。

伞很大,我们经过一个水洼,一起蹦了一下。

我的纪录片《这个时代的审美》就这么开拍了,肖全是被拍摄的第一个人。

我说:我拿肖全祭了镜头。

我第一次看到肖全的名字,是因为三毛。

1990年,一位摄影师敲开成都一家宾馆的房门,对在收拾行李的三毛说:"你好,我叫肖全,希望为你拍摄一组照片。"那天下午,肖全带着三毛在柳荫街游荡,在他的镜头里,三毛把自己的一生又演了一遍,那是三毛最好的照片。

三个月后,三毛在台北荣民总医院自缢身亡,她用一条丝袜结束了生命。

我并没有见过三毛。奇怪，就是会忽然想起她。

一想起来，就觉得故事未完，没有葬礼，三毛哪儿也没去。她还是肖全照片上那个样子：赤着脚，坐在成都的小巷子里，没有笑容，来历不明，眼睛望着很远的地方。

三毛一点儿也不漂亮，你只要看见她，就难以忘记她。

原来看到苏珊·桑塔格、波伏娃，或者香奈儿的照片，我忍不住要感慨：她们真是长着一张时代脸。等到肖全拍了三毛，我简直要叫出来：把三毛的照片和她们的放在一起，个个都不一样，个个都有样子，毫不逊色。

我相信时代偏爱某张面孔，有时候这个人没了，一个时代就过去了。

我一直很好奇：三毛为什么肯让肖全拍她？

是由于肖全长得漂亮吗？

我觉得有这样的原因。

无论跟谁在一起，肖全都惹人注意。

肖全的眼睛又黑又大，深深陷在眼窝里。长着漂亮眼睛的男人女人都有，但肖全不同，他的眼睛漂亮得像做梦。

我忍不住问他：你看见了什么？

心中暗想，他肯定看见了我们没见过或者没能发现的东西。

毫无疑问，肖全是中国最好的人像摄影师。诗人柏桦说过：肖全拍谁，就是谁一生当中最好的照片。

怎样成为一个好摄影师？除了技术和审美，大多数人并不知道，摄影师最出色的能力，就是对一个事物的预见，包括对一个时代的预见。

你发现了吗？时代犹如灵魂，当它忍不住要得意，就会在某些面孔上现形。这些面孔出现了，又消失了，像放烟花一样。好在还有肖全的照片，证明它们的确存在过。

肖全很招女人喜欢，也招老和尚喜欢。他拜佛，在许多神明前都磕头，并非不忠，只是出于内心信仰。同样地，肖全和女人的关系也是这样，肖全爱女人，不是爱这个女人或那个女人，凡是用头发、容颜、棉布袍或者舞蹈把美召唤出来的女人，他都爱，都收集在自己的照片里。

如果有谁因为被肖全拍得很美，就与他相认，那是傻了吧。肖全拍摄的，只是他自己心中的美感，他并不是忠于具体的人。

从1996年到2016年，在肖全所记录的《我们这一代》中，一些人平步青云，一些人销声匿迹，一些人永远离去。而时间正直无私，并不停留。最近肖全开始拍摄普通人的肖像，我看过一部分他拍的成都人，非常生动。但我总觉得有点遗憾，在普通人身上，很少能看见人身上最厉害的那部分，就是那个劲儿：一直和时代对着干，拼命挣，一直往未知的地方走。它们越来越稀少了。

有些东西真的永不再来。而肖全仍像个聪明的孩子，喜欢跑来跑去，在孩子看来，换花样就是好生活。

采访肖全时，我忍不住问他：易知难现在怎样了？

那是一张很著名的照片，我嫉妒照片里的女子。肖全拍她，他让易知难区别于方圆十公里内的任何一个女子。

我说：假如我是易知难，我会恨你，肖全。

人会老会变，照片却是永生的，这很残忍。

肖全说：易知难现在还在成都，过着平静的生活。

照片也是假的，跟人一样，有生就有灭。

时 代 与 美 的 记 录 者

      我记得特别清楚,那一天是1990年的5月1号。
      易知难来到我家,用重庆话说:"肖全,我认识你这么久了,你为什么不给我拍照片啊?"我说:"对啊,那就今天吧。"
      她给了我五十块钱,用来买当时国产的保定,也就是今天的乐凯胶卷。我们还去买了一身她穿的衣服。然后我俩就骑自行车回到她在四川舞蹈学校的琴房。进门的右手边有一张写字台,我就在桌上为《中国摄影家》杂志写拍崔健的那张图片说明。写着写着,我突然转身去看她,她的妆已经化完了。她给自己点燃了一根香烟,眼睛里面有一些泪花。我也没问她,就放下了手上的笔,拿起桌上的照相机,开始给她拍照。连着一口气拍下来,用了七筒胶卷。这张照片就是这么来的。

      在成都的一个地下室展览时,我记得当时有一个女生,一直仰

望着这张照片,用手托着脸说:"天啊,要是我一生当中能有一张这样的照片就好了。"

其实这样的照片,无论是在当时网络欠发达或根本没有网络,还是如今网络迅速传播的情况下,喜欢易知难的朋友和网民都会把一些赞美之词毫不吝惜地送给她。虽然已经过去了二十六年,但还有这么多人喜欢她。大家有一个共同的感受就是,她除了长得好看,还散发出一种内心的期许,一份莫名的孤独感。

比较有意思的是,当时墙上正好挂着一幅陈逸飞油画的复制品,一个金发美女在吹长笛。而易知难的身边是一架钢琴。在那样一个情景当中,挺能触发人们去思考这个女生的处境。她到底在想什么?她为什么会有那样的一种情绪?我估摸着她在想着自己的生活:要靠拍电视剧挣钱,养活在北京舞蹈学院进修的丈夫……作为一个比较柔弱的女生,她肩上的担子显得那么沉重。但这些其实都是我们主观给她加上去的。直到今天,二十多年过去了,我从来没有问过她:你当时在想什么。


拍完易知难的第二年,我把自己的铁饭碗扔掉,买了一张去北京的机票。起飞时,我对自己说:哥们,开始战斗吧!从那一刻起,我正式成为一名靠拍照片养活自己的职业摄影师。而我在职业生涯开始时拍的第一个人,是杨丽萍。当我说话兜了一大圈后,她才听懂我的意思,才知道原来这哥们拍自己是要钱的,于是她给了

我一个红包。

杨丽萍在我拍的众多女同胞中,美得非常特别。尤其是有一组在长城拍的照片,她的那份美丽压得我几乎喘不过气来。当一个舞蹈家出现在长城这种地方,她的舞蹈和那个环境,会在摄影语言上得到强烈的融合,或是产生一种对立感,以达到戏剧性的表现效果。无论是在长城上,还是在天安门或故宫,在这些特定的东方符号场景下拍摄她,画面都会张力十足。

几年之后,在拍摄她的传记电影《太阳鸟》期间,我拍到了不一样的杨丽萍。在她的家乡云南,我看到她如何跟老百姓打交道,她用手抓饭吃,然后大口大口地喝米酒。我突然意识到:哇,这些

都是她的舞蹈的隐秘来源。她是天然的,她是天生的,她和上天、和大地、和动物、和老百姓,都是如此和谐地生活在一起。这让我更加理解了,她那种美,那份挡都挡不住的仙气,是由于她采集了很多大自然中、天地之间的气,这是在其他人身上很难看到的。杨丽萍既可以用她的舞蹈将人间的故事传达给上天,也可以将雨滴、月光、孔雀,透过舞蹈对我们人类诉说。所以我觉得她是一个非常特殊的媒介,用舞蹈把上天和人间联结到一起。

美,是一种控制。这句话用在杨丽萍身上,我觉得再合适不过了。控制其实是一种智慧地跟自己相处，跟世界相处的方式。她除了控制食物进入身体的数量，还要控制在舞台演出的分寸、动作的起伏、节奏的快慢，以及音响和灯光的效果。一场演出的结构、节奏等所有的东西，全在她一个人的控制之下。

几年前有一个记者问我：你怎么看待杨丽萍？我说，杨丽萍好比一座山，就像当黄山成为黄山，当喜马拉雅山成为喜马拉雅山了，它永远屹立在那儿。当杨丽萍成为杨丽萍的时候，无论是她多老，变成老太太了，我们都会说，而且是带着骄傲、肯定和赞美地说，她是杨丽萍。

另一位在我眼中十分动人、高级的女性是三毛。她的动人之处

来自哪里？其实源自她周游世界各地、阅人无数的感知力。而那份高级感来源于她的学识、她的教养、她对人生的态度等方面。

当年我在成都柳荫街拍她的那个下午，她全程都很自在，无论是她坐在茶铺里喝茶的那种专注和放松，还是坐在老太太房门前，把皮鞋扒下来扔在一旁，或是啃手指甲的样子，都像是把自己的人生演绎了一遍。其中有一张照片，她背着包，眼睛略微向远处望去，一个骑车路过的男人回头看了她一眼。后来我对那张照片的解读是，三毛一直都朝着自己愿意走的方向迈进，而且她带着笑容，是快乐的，因为那是她自己选择的路。

最初她穿着一件熨烫得干干净净的白衬衣，盘着头发，抽着烟，像极了杜拉斯那类西方的知识分子。但看到她换上那套"乞丐装"，把头发放下来时，我居然一拍大腿，说："三毛，我发誓能够给你拍出好照片。"我也不知道当时为什么会用"发誓"这个词。后来这些照片出现在她眼前时，她非常喜欢，甚至纠正了我对照片的评价。

我说："三毛，这些照片无论是人物情绪、影调还是构图，都是那么完整。"她答道："肖全，这可不是完整，这是完美、无价。你知道吗，我十几二十岁就一个人背着包，梳着短发，满世界地漂泊。十几二十年过去了，我还是一个人。"你瞧，这是一个多么倔强的女人。

衰老这件事情，在任何人的脸上都会呈现，上帝绝不会偏颇。有的人虽然脸上没有皱纹，肌肤很有弹性，但那颗心早已衰老；另有一些人，比如德国舞蹈家皮娜·鲍什，即便脸上布满皱纹，可当她一跳起舞，还是那么有魅力，那么好看。三毛也是，当她在世界各地旅行和奔波，经历人生的悲欢离合后，岁月的痕迹都留在了她的脸上。但从她眼睛透露出来的，是一种非常有智慧的、敏锐的觉察力。

其实，衰老体现在脸上的变化，根本就算不了什么。我们更在意的是，她是一个什么样的人，有一个什么样的内心，她真正带给我们的是什么，而不仅仅是一张好看的、永远不老的脸。

如果问我曾经拍摄过的这些人中,有哪些具有鲜明的时代感,我们立马就能想到杨丽萍的舞蹈、三毛的旅行和文字、崔健的摇滚乐,以及张艺谋和姜文的电影、张晓刚等人的当代艺术。作为精神产物,它们会留在这个世界上继续被传播并产生影响。包括大家都难以忘记的那张脸——易知难那张凄美的脸。我觉得这些都是从二十世纪八九十年代延续至今的特别重要的时代精神符号。

如今,新的精神符号正在产生,譬如郎朗和李云迪的钢琴声、活跃在世界舞台的演员和时装模特,等等。他们之所以能在这个世界上留下印记,是因为他们足够优秀和独特。

# When
# Lei meets Quan

美，是对这个世界的一种表达，

是一种主观的判断，这份判断跟心情和时空有关系。

如果心情不见了，这份表达很可能就会打折扣。

# 对话

蕾：你拍过那么多优秀而美丽的女性，现实生活中什么样的女性会吸引你呢？

肖：毫无疑问，年轻的、性感的是很多男人垂涎欲滴的一种猎物。但我觉得，除了年轻貌美，女人独有的智慧，她们的阅历和善良，才是真正讨男人喜欢的，一种最实实在在的东西。我更喜欢那种有格局的、善解人意的、知道天理的女性。知道天理就是知道生命是怎么回事，宇宙是怎么回事。

# 田 沅

音乐人、演员、导演、作家

©Photo by Boss hai

# 李蕾说田沅

审美高级的人多少都有点古怪。我们要么成为那样的人,要么成为那样的人的朋友。对于我来说,和她们朝夕相伴远不如忽然间没头没脑地说几句话来得感人。

我总是能记住和田原说过的几句话,她现在叫田沅了。改名字也许是一道分水岭,给人重新活一遍的动力。在这篇文章里,我还是会这么写她的名字:田原。是过去每一天的选择形成了今天的她,我记得一些故事。

我和田原第一次见面是2008年,通过杂志社的安排,我们跟着作家苏童一起去日本。四月,正是樱花盛开的季节,我们不是专程来看樱花的,可是樱花太让人心慌了。说起来真是奇怪,樱花没香味,颜色素净,哗地一下就开了,开得正浪漫,哗地一下就落了,毫不留恋。

接待我们的是旅日作家毛丹青。他带我们去高濑川,位于京都旁边的一条运河,漫山遍野的樱花气势恢宏,河面被厚厚的落英覆盖，看不见水色。毛丹青说：这里是日本人殉情的首选之地，投河之后，尸体要过两天才漂浮起来，冰冷的身体被花瓣包裹着，顺流而下，日本人会流下热泪，觉得感动。

如果没记错的话，田原是在这天和我们会合的。她带着乐队赴东京参加亚洲音乐节，之前毛丹青说起过："田原也会来，她在日本很红。"可直到看见她，我才忽然想起来：这是那个演员田原啊，我看过电影《蝴蝶》，她坐在超市里吃薯片的样子，她和何超仪一起走路，碰一下，又牵牵手。那种让人心里一跳的性感，我会脸红。

现在想起来，田原是我最早有印象的"斜杠青年"吧。她的身份很多：歌手、演员、主持人、作家、导演……

从十六岁开始，田原就是跳房子乐队的主唱。十七岁，她获得"中国最具国际化魅力女歌手"称号，还出版了个人首部长篇小说《斑马森林》。有个导演听了她的唱片，很喜欢，直接找到田原，说她适合电影《蝴蝶》里的一个角色，她就去演戏了。二十岁，田原凭借处女作《蝴蝶》获得第24届香港金像奖最佳新人奖。2008年，田原主演了喜剧片《高兴》，原著是贾平凹作品，团队跑到西安做宣发，贾平凹去了，我问他田原好看吗，他说："好看嘛，两个眼睛亮得很，关键是灵得很。"

田原的"灵"让人好奇，她似乎有用不完的精力，能把所有好玩的事情统统吃掉，不会消化不良。在她之前，时代也许是线性的，一个人一辈子只做一件事，只爱一个人，只忠于一个地方。到田原这里却发生了改变，时代变得像一张撒开的大网，同时网住很多东西，你看到一个人在那里用力折腾，力气是发散的，朝着不同的方向，最后又回馈到这个人身上。一切都开始得很快，间接大于直接，就像田原这样。我偶尔会想：新人类就是从1985年开始进化的，田原出生的这一年。

在樱花盛开的京都，每天都有人在樱花树下喝酒唱歌，直到深夜。第二天早晨，樱花从窗户的缝隙飘进来，一片花瓣落在了我手背上。我下楼吃早餐，遇见了田原。早餐厅空荡荡的，我和她面对面坐下，一人捧一碗白米饭，安安静静地吃，一碗饭快吃完了，我说："对不起啊，我不知道该和你说什么。"她放下碗，说："没关系，我也是啊。"声音有点慵懒，很敏感。

我一下子想起来，说："我喜欢《蝴蝶》，你比电影里漂亮。"她笑笑，整个人都在发光，黑瞳仁特别大，眼角很尖，如同她深爱的猫。奇怪的是，田原长着这样的眼睛，样子却一点儿也不狐媚，她明亮得像玻璃，脆性亦如之。

我们一起走了七天，田原一路都在吃素，她骨骼纤细，嘴唇的线条非常性感，决定吃素，就立即执行，对待自己很严厉。每一个女演员都不会按照正常人的标准来要求自己。

田原更加独特：她开始不穿胸衣，向专业运动员请教怎么跑马拉松，养猫，做公益，做摄影师，成为导演。2014年，她在电影《黄金时代》里饰演白朗，那个忠于内心、单纯勇敢的文艺女青年，我认为她真的有几分像白朗，在很多关键的选择上，田原的勇敢要远远大于她的身体和她的实际限度。

那次日本归来，我们都写了文章，跟着苏童出了一本书，叫《花繁千寻》。田原写的那篇，有个很有味道的名字，叫《封景》。她写道：在京都看到园艺工给樱花树穿衣服，制造出十分自然的人工美，那种感觉很矛盾，觉得这是东方意境里的风景，但并不像风一样自由，是封闭的"封景"，给树倾注了很多人的感情。

在我眼里，田原也是"封景"。

她是那种不理会外界怎么看，只活在自己内心里的人。她说如果有时光机器，她想做的一件事情，就是去古代，拍下各种各样的照片。还想去未来，跟八十岁的自己见面谈谈。

有一天深夜，看林达的书，他写道：我承认，我能很容易放弃肉，但不能放弃伴侣，因为没有伴侣，肉仅仅是一种解决饥饿的好东西而已。

我一下子跳起来，赤着脚，想起了田原。

她那么美那么明亮，我希望她过得好，不知道好不好。

寄居幕后，
在这个充满假象的时代

　　一直以来，我给自己下的定义，就是一个特别不大众的人。

　　我十六岁成为跳房子乐队的主唱时，并不是一个普通意义上的出名。从开始到现在，我一直都没有特别参与大众可以接受和赞许的项目，所以我觉得自己是一个另类的所谓的出名，而且出名这件事情永远是好坏参半的。

　　回想起拍摄的第一部戏《蝴蝶》，我觉得自己确实挺幸运的，导演麦婉欣给了我一种莫名的信任。在此之前我没有演过戏，她单凭听我的歌，就觉得我可能会合适演这个角色。我觉得要是自己做导演，也不会这么盲目地信任一个人。在这部戏中，我拍的第一个镜头是在超市偷吃薯片，那时候我对拍电影没有任何概念，没有任何在片场的经验，完全是被活生生地拉到一个个现场，然后晕乎乎地演过来的。

　　当我后来反思导演为什么会找我演时，朋友说的一番话让我觉

得可能是这个原因：这部片子里的其他人都说粤语，他们都来自香港那个非常成熟，而且很有电影感的环境里，而我是一个不知道从哪儿来的，好像被扔进这个世界里面的外来者，跟所有人其实都格格不入，反而形成了一种反差美。

某种程度上，我在《蝴蝶》中是很本色出演的，外表看起来很蔫，但其实是一个挺大胆，甚至有时候会不计后果、很傻的人。我的情商没有那么高，并不能把一件事情处理得非常圆滑，有的时候做事情会非常直接，内心层面上其实跟小叶这个角色很相似。我并不是那种特别主动、热情的人，而且不擅长互动和社交。在刚开始演戏、工作的很长一段时间里，我其实很恐惧这件事，直到现在也是，哪怕我可以正常地面对，但是内心不会享乐于其中。

后来，我凭借这部戏获得了香港金像奖最佳新人奖，这真是挺意外的。但我没有去现场领奖，因为我觉得完全没有获奖的可能，得到提名已经很好了。

好多人"骂"我当时怎么那么傻，为什么不趁机把自己经营一下，可能现在就会更红。但我觉得，那是没办法的事，我撼动不了那样的一个状态，就把这个事情放在了那里。我一直将一只脚放在外面，没有太深入这个名利圈，因为我在旁边已经看到了内部的腥风血雨。而且，可能我内心并没有特别想做演员，而是更喜欢去做幕后的创作。这个才是我更擅长的事情，它会给我一种安全感。虽然很多人说，这是一条特别艰辛的路。也确实如此。

如果身上被外界贴太多不同的标签，大家就不会记住所有的东西，而且它会让人不自由，会让你不自觉地把自己活成标签里的样子，但在这个过程中，你其实已经不是自己了。

无论如何，你都得为之付出努力，要么去迎合那个标签，要么把它撕掉。

看完《房间》这部电影，我的内心受到挺大的冲击。这是一个关于从被囚禁的空间中逃出来的简单的故事，但是我发现，真正好的故事，可能会用极端的方式阐述一个很经典的模型：可能每个女性都曾被困在一个房间里，虽然你不是被一个变态抓起来，关在一个真实的房间里，但是你有很多来自家庭、工作和自己的约束。

我曾经也有一个房间：一个很早就出了专辑、很特别的、不知道从哪儿来的小女孩。其实我需要从里面跳出来，因为我并不是自己主动地走到了这个位置，而是在各种机缘巧合的作用下达到的。片中的女主角逃出房间后，却没有感到快乐。

我觉得很多人也面临过这样的处境，走出一个框架后本应快乐和感激，然而并没有，这就是人。可能人只有把自己的问题真正看透了，才能够开心起来。近几年我都在思考类似的问题。

我现在其实最重视的还是导演这个身份，所以也在慢慢撕去一些标签，基本推掉了近年的片约，除了《黄金时代》。

拍这部戏的时候，大家都在尽量贴近自己的状态，没人敢去

演,而是想象自己生活在那个时代的样子,其实就是很苦、很穷的样子。但是我觉得,所有东西都是相对的,快乐也好,痛苦也好,都需要有对比。正是因为那个时代物质很匮乏,所以精神上的一点解放,有志同道合的人在一起聊天,谈理想、革命,就会觉得那是特别幸福的事情。这些都是当下特别稀缺的。

80后生长于一个特殊的时代,处于很多事的边缘,经历了一个从无到有的突然变化的过程,就跟受到辐射一样,会发生很多突变。其实我挺享受这个过程,但最困难的部分是发现精神层面的东西变得越来越廉价,大家都开始觉得物质上的东西更实际。这个时代大家特别需要信仰,内心有信仰的人是最有安全感的。

在现实生活中,大家都比较关注自己的外貌,觉得外貌可以换来感情。可能是因为大家觉得美就会得到爱,有了爱就会有安全感。所以很多时候大家都在计算,然而人一计算就会很容易迷失。其实每个人终其一生都在寻求安全感,寻求爱。

现在有了新的技术,让美变得不再是特权,而是后天可以达到的东西。美应该是平等的吗?什么才是美的标准?美该不该跟金钱画等号?这些问题我并没有答案。但是我看过一个挺好玩的日剧《世界奇妙物语》,其中有一集提到国家要向美人征税,因为颜值高的人在社会里,经常会受到各种各样的优待,而这个税可以维持

社会公平。

我觉得美是一个人对自己的投射，或者说，是你觉得自己在别人心中的价值和样子，因为美是别人对你的评判。从古到今，大家都在以外表判断人的内心，从某些程度上说，是可以有一些投射。但是不是绝对的呢？这是一个非常复杂的问题。

但是我觉得美跟爱是挂钩的。可能很自信的人，是因为得到了足够的爱。

与过去相比，我放下了很多对自己的定义。

我不会认为这个时代不理解我，我觉得这个时代谁都不会真正理解谁，对吧？大家生活在这个世界，对自己的性别和定义都会有一些错位。虽然交通和通讯都更加方便了，但其中的隔阂会越来越大。我并不认为谁能真正理解谁，包括与你非常亲近的人，都不一定能理解你，你怎么可能指望一个陌生的人去理解你呢？

像我这样比较理智、胆小，又喜欢保护自己的人，可能会比普通人更难体会到真正恋爱的感觉。我并不觉得两个人在一起很长时间后还依然有爱。可能最后跟你生活在一起的人是你最好的朋友，而那个人是非常难遇到的。我并不憧憬有什么东西是可以长久的。因为我相信一些特别的东西，但它可能是不能持久的。

导演是一个很特别的行业，你需要懂很多东西，但不需要精通每一样，但一定要有一个非常准确的自己的认识和理解。电影涉及音乐、文字、衣服、道具等等，我可以把所有感兴趣的、爱好的全放进去。就在这一团里面，综合了所有的一切，我可以玩很久。

但每一份工作都会有你不想面对的、非常困难的那一部分。觉得自己特别酷是很重要的事情，它会让你力量无穷，让你继续去做这件事情。

在这个时代，我希望自己是一个低调的，可以拍出一部很厉害的电影的被大家认可的导演。

# When
# Lei meets Yuan

其实我有的时候不太喜欢非常干净的东西,

电子的东西就是非常干净。

我喜欢那种有毛边的东西,不那么精确的东西。

# 对话

蕾：如果用一个关键词来定义这个时代，你的关键词是什么？

沅：假象。

咖啡馆里，身边的人都在聊电影，聊创业，聊融资，动辄就是几个亿；朋友圈里，每张照片都被修饰过，你也不知道他究竟在哪儿，长得什么样。

《黄金时代》中的假象是政治。

你无法改变大的时代，但你仍然认为自己改变了，其实自己是牺牲品。

这些假象，给我的感觉也挺好玩的。

每个人都有一个虚构出来的自己和自己的生活。

# 邬君梅

国际影星

奥斯卡金像奖终身评委

# 李蕾说 邬君梅

电影《末代皇帝》是在故宫拍摄的,那是1986年,整个故宫都封闭了,游客进不来,为了让贝托鲁奇拍电影。那一年邬君梅二十岁,她在影片里饰演皇妃文绣。电影拍了八个月,邬君梅拿到了六百美元片酬。当年,《末代皇帝》获得了奥斯卡最佳影片等九项大奖,同时在中法英意日五国发行,这似乎给年轻的邬君梅带来了一切。

当我采访邬君梅的时候,几乎吓了一跳,"文绣"竟然是三十多年前的事情了,她出名可真早。

早在1982年,邬君梅还是上海市西中学高一学生,被著名导演黄蜀芹发现,参演了影片《青春万岁》。邬君梅出生于上海电影世家,母亲是演员朱曼芳。老上海人说起朱曼芳,会啧啧赞叹:"当年伊走在淮海路上,整条马路上的人都盯牢伊看。"邬君梅还有个妹妹,她说压力很大,小时候自己是家里长得最丑的。那黄蜀芹怎么会挑中她呢?后来我认识了另一位《青春万岁》的主演,她叫施天音。在某次北岛举办的诗歌节上，我们一起读诗，邬君梅也来了，她说上中学的时候，自己得过诗歌朗诵奖，站在北岛面前，她边笑边喘气，跟北岛说"我看见你好紧张啊"时，有种娇憨的性感。

施天音叫她"君君"，一如几十年前的小姑娘。我看着她们两个手牵手，终于看出了黄蜀芹的厉害。无论在容貌和举止上，这两个人都显得很洋派。施天音美得像个混血少女，邬君梅也不是端庄贤良的美人，她不像母亲朱曼芳那么含蓄，也不像《末代皇帝》里饰演皇后婉容的陈冲那么明艳。她凤眼妩媚，个高，头颅精致，骨架小，有点肉肉也看不出来。她长着一张有故事的脸，能风情也能演狠角色，狠起来不苦，总有一种骨头很硬的傲气劲儿。

1990年，美国著名杂志《People》将邬君梅评选为全球最美五十人中的一位。1994年，邬君梅获好莱坞独立精神奖的最高荣誉女演员奖。1995年，她成为奥斯卡金像奖的终身评委。

这些荣誉非常隆重，一件一件回顾起来，你必然认为邬君梅如同星辰般耀眼，然后又有点惊奇：这些年她在做什么呢？就像一只鸟飞出了射程之外，包括她后来的作品，因为大家并不了解，大多数人对邬君梅的印象依然停留在"文绣"上。

就在邬君梅成为奥斯卡金像奖终身评委的这一年，陈冲当选柏林影展评委，她看了很多"没有价值""没有意义"的电影之后，打电话给严歌苓，决定自己拍电影，拍《天浴》。

五十七岁的时候，陈冲接受媒体采访，说年龄越长，越应该忠于自己。邬君梅比陈冲小五岁，对于女演员来说，这个年纪并不友好，无论在中国或是好莱坞，拍戏的机会都越来越少。这一年，有部投资六个亿的电视剧《如懿传》正在经历漫长的审查，邬君梅在戏里扮演甄嬛，陈冲则扮演宜修。时隔三十多年，两人再次出现在同一部戏里。这让我觉得时间奇妙，也看出了两人的共同之处：她们都不是那种社会的，跟着时代潮流走的人，在生为女人的可能性上，她们都有自己的节奏。

1996年，邬君梅与古巴裔的美籍导演奥斯卡成婚，在上海花园酒店举行了中式婚礼，《People》杂志用了整整五页来报道她的婚礼，并将邬君梅评为当年"全球风云人物婚礼"的第一新娘。

比邬君梅早几年，陈冲静悄悄地嫁给了一个医生。在旧金山，我曾经路过一片美丽的海滩，朋友指给我看，说那里有一幢白房子是陈冲的，不远处那幢，住着扎克伯格。我觉得高兴：我喜欢陈冲，希望她过得好，幸福和富有。邬君梅也结婚了，我以为她会一直恋爱，她身边总有特别帅的男子出现，但她嫁了一个有才华的。

在我们录节目的间隙，邬君梅忽然要求：机器停一下。因为时间到了——"现在是我和先生约定好通电话的时间，只要不在一起，我们每天就通两个电话。"她并不避开人群，对着电话低语和大笑，表情丰富，让你以为这是个十五岁的少女，初坠爱河。

像邬君梅这样忍不住高高兴兴的人，我很少见到。她那种高兴劲儿简直能把你吓一跳。"抑郁、焦虑、虚无"这些情绪对于邬君梅来说是陌生的，她热爱生活，热爱得要命，哪怕只看到一丁点儿阳光，她就能笑得最好。

拍摄那天，妈妈朱曼芳来探班。邬君梅讲到得意忘形处，忽然意识到什么，吐一下舌头，转过身去叫："姆妈，是这样哦。"她真是任性，但是，喜欢她的人和不喜欢她的人都会不约而同地承认：这任性并没有让邬君梅吃什么苦头，相反，她似乎一直在过自己想要的生活。和同时代的明星相比，邬君梅有着奇异的个性：不很介意自己的言行，不要求自己滴水不漏，也不像交际花，在她精致的颅骨里，是迷迷糊糊的性情和机警精干的头脑。

生于二十世纪九十年代以后的人类中，可能很难出现像邬君梅这样的品种了。她凤眼中的火焰，她潮湿的双唇，那么生机勃勃，她对这个世界具体的声香色味充满了激情，身上几乎没有虚拟和怀疑的成分。她喜欢的东西，都是看得见摸得着的，她活多少年，就对人生相信多少年，激情、爱和浪漫，都要触手可及，这是邬君梅能够得到的最美妙的东西。

# 漂在好莱坞的上海女人

大多数人眼中的上海女人是那种很作的,有贵族气息的,很会精打细算地过日子的。其实,上海女人有很多是像我这样外向的,讲义气的,不太会精打细算的。但有一点我是给上海女人丢面子的,就是我不大有分寸感。我觉得自己是所谓"三岁定终身"的那种性格,从小在各个少年宫走南闯北,从学跳舞、拉小提琴到朗诵,而且还喜欢做让别人开心的事。

我的童年是在淮海中路1412弄度过的,印象最深的是和我的女性朋友沿着淮海路走到外滩,沿路吃甜点。当时的26路公交车途经这条路线,所以我从小就有个情结,理想就是做这趟公交车的售票员,可以和乘客打交道:一手收钱,一手给车票。

我很自信地说,我是个没有自信的人。小时候长得不好看,额头特别大,只有三根头发,直到现在家人还会嘲笑我,说我真是女大十八变。而且,别人来找我演戏的时候,我的反应永远都是,他

少女十七

十九年华

怎么会来找我演戏。我从来都不在主流审美的范畴内，我的声音也是不达标的。

当年拍处女作《青春万岁》时，导演觉得我的声音不行，就找了一个配音演员。从上影厂的配音房走出来时，我第一次体会到人生的挫败感。对于一个年轻演员，一个十六岁的女孩来说，看到银幕上自己那张被拉大的脸，其实是很崩溃的，真想找一个窟窿掉下去。拍完《青春万岁》，我心想，自己不可能当演员，因为形象和声音都不好，看样子得好好读书。回到市西中学后，我就会自觉主

在罗马拍摄《末代皇帝》

动地学习，功课一下子特别好，有点像学渣的逆袭。

那时候拍戏跟现在不太一样，不是为了实现明星梦，而是将做演员视作一个崇高的理想，一个特别神圣的职业和一个伟大的工作岗位。

十几岁的时候，我们家从淮海路搬到南京路，当时没有什么娱乐节目，在家就喜欢坐在一起聊天。有一次，我跟家人说将来要当好莱坞明星，妈妈听后说："你连中国的门都没有跨出过，你还想去好莱坞？你知道好莱坞在哪儿吗？"

现在回头看，我觉得一个人内心的想法和追求，会在冥冥之中引导你一路追随它，会有梦想成真的那一刻。而且，水瓶座的我最爱天马行空，年纪轻时向往的都是很虚幻的东西，你越是告诉我这件事情很难办到，我就越是想要去做，因为在一个无限的空间，才能发掘自我的最大限度，然后找到一个自己都不知道的自己。

二十岁那年，我被选到意大利导演贝纳托·贝托鲁奇的影片《末代皇帝》中饰演溥仪的爱妃文绣，印象最深的是第一次在故宫的拍摄现场见到尊龙的那张脸。小时候，我从上影厂发给我妈妈的内部杂志中，读到过尊龙的名字，从没想到他会这样活脱脱地出现在我眼面前。我远远地就看到他坐在候场的桌子旁，但不敢过去打招呼，直到被工作人员领到他面前，那人对他说："皇上，这位就是你的妃子文绣。"尊龙抬起头，咧开嘴对我笑，他有一口非常白的牙齿。

当时在剧组，我还第一次尝到披萨的味道，那是导演带来的意大利御用大厨做的，我每天在现场都期待着能吃到披萨。拍摄《末代皇帝》我拿到的片酬是六百块美元，并非外界谣传的六万块美元。制片人和导演非常善良，当他们得知我打算去美国读书，就在意大利拍摄时给了我一个两千美元的红包。那是我人生中第一次数美元，在电影城的厕所里数了好几遍。

去美国留学后，我于1990年进入好莱坞发展。我很清楚，好莱坞对邬君梅意味着什么，但邬君梅对好莱坞意味着nothing。

我在好莱坞倒也没有吃过很大的苦头，最大的苦头可能就是要学着跟大家去竞争一个角色，也会有在你自我感觉特别好的时候，因为你长得比男主角高，人家就可以不要你做这个戏的女主角的情况出现。华裔女演员在好莱坞被对待的态度，其实有点像少数民族的感觉。

如今，随着经济的发达，我们变成了投资方，地位和角度都不一样了。但是，我并没有看到很惊喜的、跳跃式的质变。所以我现在回国拍戏，因为这里的舞台比较大，角色和创作都更让我兴奋。

毫不避讳地说，我是个机会主义者，机会在哪里，我就去哪里。这也许是上海人与生俱来的一种根深蒂固的感觉，而非一种生存的能力。这份敏锐的嗅觉、对自身的要求和渴望，我觉得都是正能量的。

好莱坞遍地都是机会主义者，现在在中国，我们每个人也都是机会主义者，难道不是吗？

每一部片子都有时代感，都有让我在生命中的那一刻去接拍的原因。

我饰演过三次宋美龄，从《宋家皇朝》到《建国大业》和《远去的飞鹰》，其实到后来是越演越怕的。当我看完很多资料，对她有更多了解时，就对这个传奇人物产生一种惧怕感，觉得不是很好演。后来我一直在归纳自己和她接近的地方，才发现原来有很多共通点，比如我们的成长轨迹、出生和结婚的月份、中西方文化融合的经历，包括她当年住在上海的地段、她和丈夫之间的感觉，以及那种感悟力。我之前有列过一张表，最起码有十多条。也有可能人跟人之间，要罗列的话，总会有一些相似的地方。这种东西只能靠悟，我说的都是很皮毛的东西，有时在演出的一瞬间，我觉得自己可能会更懂她当时的感受一些。

很感谢演员这个职业，不仅带给我一群好朋友，还有一段相濡以沫的婚姻。我的丈夫最打动我的地方是，从他这面镜子照出来的我，是最真实的、我最能够接受的自己。我觉得爱情保鲜的秘诀是，先把自己保鲜好，始终让自己成为有新内容的女人。我在《蜗居》中饰演的宋太，其实是当下一种类型的女性缩影——把所有的注意力都放到男人身上时，自己没有新的内容更新，也意识不到自己变成了怨妇。

我有一颗不变的心，但这个时代下的东西总是在变。我不会怀念之前的时代，我连昨天都不怀念，我会通过和年轻人相处了解这个时代的新鲜的血液和变迁。

人在年轻的时候，期待自己是成熟的，对自己内心的东西感觉还是很轻，所以希望别人把你看得很重，忧郁和怀念的情绪也比较多；当你真的到了一定岁数，你不会希望别人看到你忧郁的样子，那时反而会期待自己活得轻一点。真实的生活状态是，我们永远处在各种挣扎中，然后在平衡中找到自己。

我总感觉自己是生错时代的人，没有归属感，一会儿漂到这儿，一会儿又漂到那儿。

比如前一天还在横店影棚拍摄慈宁宫的戏，那是一种万人之上的感觉，但回到上海后，又是一个根深蒂固的上海人，有如鱼得水的感觉，看到熟悉的梧桐树就很踏实。就是一种觉得什么都对，同时又觉得特别不对的感觉。所以我总是叫自己吉卜赛女郎，然后叫我的狗吉卜赛。

记得有一次牧师说："全世界有3%的人口都像我们这样到处流浪，但是这就是你的归属感，这就是你的部落。"那天过后，我就对自己说："哦，这就是我的部落。"

# When
# Lei meets Mei

上帝的创造为每一样东西都注入了生命,

只要它存在,就有它的美。

# 对话

蕾：上海人的这个怀旧情绪，你仔细想是没有根的，没有归属的，对吗？

梅：对。我没有归属感。

蕾：舶来的东西，都是无根的。

梅：我现在觉得，只能说自己出生在上海，不能单一地说我是哪里人。将来孩子们长大后，也会面对这样的问题。

蕾：这不是很好嘛，人生的坐标变得特别丰富，不会只在一个地方，一个单独的点上。

梅：这就是当代人，这就是新上海人。

蕾：对，而且越来越飘泊，越来越没有明确的归宿。这样的人生可能是蛮孤独的，但张力很大。那个真正优秀的人就会出来，蛮好的。

# 陆川

导演、编剧

# 李蕾说 陆川

陆川对自己说：小子，你还爱着电影。这个认知让他对自己放了心。尽管陆川的野心从他的第一部电影《寻枪》起就毫不掩饰，但他的每一部作品都会招致过分密集的争议，他甚至被称为天生具有招黑体质的导演。

2016年夏天的一个深夜，我们在北京拍摄陆川，他的导演工作室第一次面对我们开放。到达北京的第一个晚上，我特意去看了《我们诞生在中国》，这部与迪士尼合作的纪录片，是陆川从影以来口碑最好、争议最小的一部电影。

导演工作室在一个创业园区里，窗外没有任何风景，也许主人并不介意窗外有什么景色，所以连窗户也不那么必要了，用几张电影海报遮住。桌子和沙发都是深色的，保持着干净和无趣。靠墙的矮柜上摆放着奖杯、纪念品和一张民国老照片，陆川收藏这张老照片，因为上面那一排穿长衫的男子们都很好看。

刚刚从外地飞回北京,陆川西装整齐,显得疲倦。他不要求抽烟,不要求喝咖啡,端端正正坐着,看起来没什么恶习,显得不怎么好打交道,大概是有点严肃吧,他像一座钟,勤勤恳恳的。聊天的时候,他说自己是个无趣的人,谈恋爱一半对一半被甩,我差点儿就信了。

看着他微微皱眉的表情,我有个想法:要是他能有个院子,多看看外面的景色,他常有的那种苦闷的表情会少一点吧,或者,他要是心无挂碍,尽情享受一个无人打扰的午后,应该会放松很多。

这次对话改变了我对陆川的固定印象,多少有点意外,我发现了陆川身上认真和羞涩的部分。年轻的时候,当我刚刚开始做电视节目,是个渴望被成功人士肯定的小姑娘。我最害怕陆川这样的嘉宾,他的目光注视着你,你就会拘谨起来,觉得对他表露真心是不妥当的。这么多年,与成千上万的人谈话,我慢慢意识到:不管处于何种地位,所有人都怀着一种强烈的愿望,都想要被倾听、被需要、被重视。有时候,我们肯付出一切代价来实现这愿望。

对陆川来说,电影就是他的愿望,觉得你听懂了,他就眼睛发光,说话诚实,还抖腿。陆川不算是个高产的导演,十六年出品了六部作品。他的电影题材都不是日常生活,他喜欢宏大叙事,更愿意以知识分子的姿态去探讨一些宏大的、抽象的问题,如果有人看瞌睡了,他并不怎么介意,一旦被人家攻击价值观,他会真的愤怒，恨不得从字幕里冲出来，揪着你的衣领吼一顿。这当然做不到，所以他生气了会酗酒，摆出更加高傲的架子，这可能会让他的处境更糟糕，但陆川就是这样爱电影的。

我的制片人藤井树认识陆川多年，十五年前，他们一起在可可西里的红土地上看过星空，因为缺氧和高原反应，每个人的嘴唇都是黑紫的。陆川不说苦，也不允许别人说苦，在高原上，他把一个演员活埋了九次，不是冷酷，他可能天然地认为：这是对电影的尊敬。

他用潜水来形容自己拍电影：拍一部电影三年，就像潜水，"啪"一头就扎在水里了。然后，三年差不多氧气用完了，"噗"，你又冲到水面上。冲到水面上一看，世界变了，就跟着这个世界混两天，然后，又找到一个新目标，抱着它"哗"又沉到水底，这一沉又三年过去了。

1971年，陆川出生在新疆。他的父亲是作家陆天明，他还有个姑姑陆星儿，也是著名作家。应该是有基因遗传，陆川也写文章，文笔清清爽爽，内心文艺。陆川五岁的时候，父亲因为写作改变命运，全家迁入北京。

作为同时代人，我很能理解陆川的一些精神底片。70后始终活在历史交叉口，所有重大的时代转折都经历了。在《世界是平的》那本书里，托马斯·弗里德曼写道："中国的70后堪比美国二战之后最伟大的一批美国人，因为他们身上有共同的闪光点，就是比别人更努力地工作，对孩子拥有最高的期望，推迟享受，投资未来。"

事实上，"最伟大的一代"并不意味着最具价值的一代，但我坚信，这一代人能得到的最大的振奋感应该是实现自己的人生梦想。在2013年年末，陆川说他学会了上网买东西，也学会了去超市买橄榄油和各种日用品，并逐渐找到了乐趣。他评价自己："你丫就此俗了，俗了也挺好玩的。"

2015年，陆川的人生进入高速运转阶段，他结婚、生子，完成了为人夫、为人父的身份转变，他的电影《九层妖塔》上映，豆瓣评分极低，还招致了官司。外部压力重重，内部混乱不堪，我采访他那天，工作人员在调整灯光和机位，他和藤井树刷着手机，互相晒娃。

现在是2018年，陆川的儿子小葫芦已经会把他的车钥匙藏进冰箱里，陆川重回了一次可可西里，他还要拍电影《江城》。他的确像一座钟，嘀嘀嗒嗒，催着自己去干最想干的事儿，无论那结果会不会让人大吃一惊。

# 一个导演的自白

三十岁时,我拍了第一部自编自导的电影《寻枪》,那时候比较血气方刚,像个愣头青,不知道将来会不会成为一个很特别的,或被人认可的导演,但真是全力以赴地在做这件事,而且十分迷恋拍摄现场这个地方。经过比较长的筹备期后,每次捕捉到摄影机前的那个变化的现实,都会觉得像是脱弓之箭,像是冲出牢笼的兔子撒了欢跑的感觉。

一个自然的、生动的创作状态,不应该是被电影评论或者电影研究所绑架的。我从没刻意地规定自己要拍什么,因为固定自己的风格很容易被贴上一个标签,无非就是保持同一种腔调。说实话,这对我们专业人员来说太简单了,只要我想做,每部电影的腔调都可以像《可可西里》一样。但是我真的不想,因为那样做既对不起自己,也不科学。

而且,比电影的腔调更重要的,是电影本身内在的一种关注。

《寻枪》工作场景

《九层妖塔》工作场景

《王的盛宴》工作场景

《南京！南京！》走戏

现在所拍的这些电影，在我看来都是一样的，没有多大的变化。对我来说，电影就是电影，如果只在一个类型里耕耘，反而是一件很奇怪的事情。我愿意去尝试不同的类型，去探索、记录和表达不同的人性，这才是有意思的事。

导演的审美与所谓的电影气质之间，差不多可以画等号。

一部九十分钟的电影，藏不住导演的心。将导演的所有工作抽象化后，就会发现，他每天其实只做一件事情——判断。因为从演员的选择、场景的调度，到服装、剧本、剪辑等事项的决策者都是导演，而其中的每个决策都会影响电影的气质。最终，这些决策视觉化地汇聚成一部电影，形成一个大的审美方向。它既是导演内心的一种影射，也可能让导演更清晰地看到这个东西。

每个导演对演员的选择和判断都是有局限性的，但是都能代表他在那个阶段的一个审美。

比方说，因为我对姜文和他的电影一直很着迷，在《阳光灿烂的日子》里看到宁静迷人的笑容，对那份少年们都无法抗拒的魅力印象颇深。所以当年筹拍《寻枪》时我就想，什么样的一张脸能够让姜文饰演的马山，久久不能忘怀呢？然后我就想到了宁静。

每当我跟一个人聊天，心里就会努力地想找到她跟剧作角色的某个契合点，比如说《南京！南京！》里饰演女教师姜淑云的高圆圆。跟她接触后我就发现，她不属于诗人型和艺术家范儿，她骨子里挺像个女科学家，特别冷静和理智。让她演姜淑云很适合，因为她俩内心都有崇高的理想和道德标准，一种非常修女式的状态。

江一燕与圆圆不同，她是电影学院毕业的，还是一个文艺青年。在《南京！南京！》的表演中，我对她另有一些要求，比如说演哭戏时的状态——一定要让情绪带出眼泪，而不是眼泪带着情绪走。很多演员习惯用眼泪催眠自己，因为他们的眼泪都像自来水——开关一打开，哗，眼泪就下来。每个演员的表演方法不同，我要做的实际上是让大家进入到同一套语言体系里去表演。

周迅的声音对我来说太熟悉了,她没有受过发声训练,跟播音腔不太一样,这是我选择她解说《我们诞生在中国》的一个重要原因。在她独特的音色中有一种慵懒、松弛的味道。她的声音一出来,就会打破一些观众抱着看《动物世界》这类电影的思维定式。另外,她有一种说书人的从容,她是在用心讲故事,并成功地用声音塑造了这个角色。

做电影还是很像匠人干的活,筹拍电影的那两三年就像潜水一样,"啪"一头扎在水里;三年的时间差不多把氧气用完后,你又

为《九层妖塔》群众演员讲戏

要"噗"的一声冲到水面上。你一看,世界变了,就跟着这个世界混两天,直到又找到一个新目标,抱着它"哗"又沉到水底。这一沉三年又过去了。

最大的一次感受是,《王的盛宴》三年的拍摄结束后,我有一种恍如隔世的感觉,就像《红楼梦》大结局时"白茫茫大地真干净",什么都没了,提前体会到老干部下岗的感受。但我自己知道,它是一部对得起我的审美和制作能力的作品。

我非常清晰地看到影院里完全换了一批新的观众,大家对电影的要求不再一样,整个电影工业都翻篇了。以前的观众想在电影院里看到《可可西里》这类影片,但2010年前后出现了一个很强的反智思潮,就是比较抵触所谓的说教和知识,全民娱乐的时代很快接踵而至。包括电影界的大咖和影评人,也换了一套说话的方式,变得很得心应手。电影工业也不再去讲求表达、关注、情怀,这些词儿马上就变成一个装逼的词儿,而票房也变成检验真理的唯一标准。说实话,我没有那种想去争辩的欲望。最想说的话,基本上都在电影里说了,听得懂或不懂的。《我们诞生在中国》就是在那时候接拍的,我想用一段电影的旅程去治疗自己。

那段时期带给我的体会是,比如有一边倒夸奖你的时候,都不用特别为这事儿高兴。因为所有夸你的人,也会因为很简单的理由,马上再来骂你。我就有这样的经历——拍完《可可西里》被力捧,全社会夸你一个人;拍完《南京!南京!》被力压,然后再继续被力压。但我没有失望,我知道人家批评或夸奖都不是因为你,你的电影让人忿忿或喜悦,都在于别人自身的一种感受。后来我发现,那些没有看过电影就开骂的人,其实只是需要一个被骂的人来承载他们的气愤,因为在这个社会,能够让他们没有成本地去表达愤怒的出口其实很少。

在非常短暂的电影生涯里,我经历的这些真是一笔宝贵的人生财富,让我现在做电影时保持一种非常单纯的状态,甚至有些百毒不侵。我特别相信自己的一点就是,哪怕被打到底,我也觉得在中国能够像我这样去拍电影的人，其实并不多。我要做的唯一的事情就是坚持拍下去，因为最后能够替自己说话的就是作品。

在平日的生活中，我觉得自己是个很正常的人，正常到无趣，回到家就变成药渣。

大部分跟我谈恋爱的人，很快就会意识到我是个无趣的人，而且需要付出不少的东西。所以我其实很理解所有离开我的人，因为我觉得自己也会受不了。但是我又挺希望以寄生虫的方式生活在她们身边，因为我投入了太多的精力和能量在电影中。

虽然这不是一个正当的去寄生的一个理由，但我总觉得，有一些人是肩负着不同的使命来到这个世界的。这不是一个好逸恶劳的理由，但我经常会用这个借口来原谅自己所有的好逸恶劳。

身处在这么博大的一个时代，我无法将它提炼或抽象成一个词，但我可能会用一系列的词来描述它。现在是一个混沌的状态，也是个启蒙的时代。

很多东西既处于混沌中，也正在经历启蒙；既能看到非常残酷、血腥和暴力的一面在蔓延，也能感受到其中有一份善意而优雅的东西逐渐成形。这是一个不同力量、不同色彩共存的时代，甚至是一个分裂的时代。

能够生在这个时代，我觉得对创作者来说是一件幸事。你可以在这个巨大的磨盘里亲身经历那种被撕裂的感觉，先是被追捧，接着被践踏和侮辱，然后又被追捧。当你经历过这些东西，就会对自身及这个民族的命运，整体上有更深入的了解。

# When
# Lei meets Chuan

我挺好奇自己在这段人生旅程中，

会有多少不同的关注点，

最后将它们汇总在一起，应该会是一套很有意思的完整的作品，

这个就是我自己。

# 对话

蕾：儿子对你来说意味着什么呢？

川：有了儿子小葫芦后，我会突然有一种无所畏惧的感觉。因为以前电影是我所有的东西，会有一份得失心在其中，但现在会觉得孩子比电影更重要。少了一份得失心的状态，反而有可能拍出更从容的电影。

蕾：你会回过头再想想你跟父亲陆天明的关系吗？他对你的影响大吗？

川：那是肯定的。父亲对儿子的影响会作用在不同的层面上。我希望能够避免小葫芦走我以前走过的那种路，让他没有负担地度过整个童年；在他进入叛逆期后，我也希望能成为他的兄弟和朋友，而不是他要去对抗的牢笼和暴君；总的来说，希望能给他带来一种力量和优秀榜样的影响。

# 李 泉

音乐制作人、"钢琴诗人"

# 李蕾说 李泉

十九世纪六十年代，沿着黄浦江岸，一长串大楼建造起来，它们带来了东印度公司充满维多利亚文明的"大班"风格，这里被称为外滩。1896年，租界成立五十周年时，外滩曾经拉出一条通天立地的大标语，用英文写着：这世界有谁不知上海？

2012年，我们为外滩拍摄一部纪录片，作家陈丹燕说："如果要给外滩写一首歌，李泉是最适合的，这个人太灵了。"

上海人说的"灵"，是指灵光。人这么聪明这么好，东西这么好看，食物这么好吃，都可以赞一个：蛮灵额。

李泉实在是好看。无论从哪个角度看，都是个出众的人物。服装出众，相貌出众，才华出众，骨骼也很出众。访问他那天，他穿件白衬衫，头颈端正，腰背笔直，像一支毛笔，有种罕见的尊严气派。由于半月板反复损伤，他是拄着拐杖出现的，这可不是什么好事儿，拄拐杖的人会显得有点迟疑吧。可李泉总有一种超脱之态，他微笑起来很迷人，嘴唇紧闭，加上浓密的胡子，一副坚决之貌。在他面前，人们总是表现出尊敬，你很难想象，可以一把搂住他，或者用汗津津的手扯住他的白衬衫，那真是太尴尬了。李泉并不热衷于袒露内心，他和人有距离。

当天的现场照片发出来，我的一个女友说："哎哟哎哟，分不清楚这是李泉还是张震。"

女友这声哎哟哎哟，让我想起李泉的一首歌：《我要我们在一起》，是他写给范晓萱的。

2000年，我在北京，认识一拨玩摇滚、听蓝调的年轻人，那时候有个说法：看一个小孩有没有品，就看他是不是喜欢听李泉的歌。一个少年不唱粤语歌，在那里哎哟哎哟哎哟，肯定是个天赋好的。

这件事给我留下了深刻印象。李泉出众，重要的是，他自成一类。

李泉出生在上海，中国恢复高考那年，李泉八岁，他开始学习古典钢琴。1985年，中国有了第一个教师节，最灵敏的商人都到海南去倒汽车，当年贫穷的海南岛半年内出现了872家公司，保洁阿姨都能扳着手指跟门房大叔算一笔汽车账。同样在这一年，"欧洲音乐年"在维也纳新年音乐会上拉开序幕。这一年李泉十六岁，他创作出了自己的第一首歌《停留》。此后的人生，他一直写歌、唱歌，两到三年出一张专辑，扶持新人，自成一个王国。

时间不会为任何人停留，人类的孩子却在时间中慢慢长成了不同的模样。

2018年，芒果台"歌手"节目换掉了GAI，临时找人救场。一个电话，李泉从北京飞去长沙，出现在1200平方米的演播厅里。他亮相"歌手"的第一首歌，就是《我要我们在一起》。这一天，距离我第一次听到这首歌已经过去了将近二十年。

我还记得这首歌，记得范晓萱低着头唱"哎哟哎哟哎哟"，那时候我手足无措，不知道她怎么变成了这副模样，我认不出她，也不知这歌是好是坏。时隔这么多年，听到李泉轻快地唱过这一段"哎哟哎哟哎哟"，我忽然心里一松，眼泪都快下来了。有一些歌，等你听懂，已不再是少年。

马尔克斯，那个我最喜欢的作家，有一次被人问道：写作有什么好处？他说："唯一的好处，就是让一个写作者认出另一个写作者。""认出"是多么重要的一件事！当年的李泉和范晓萱并没有被主流认出，因为他跑得太快了，他的歌领先了时代三五年。这是很勇敢的吧，每个不被理解、坚持独立的少年，都是时间的叛逆者。

乐评人耳帝说："李泉的表演带有自恋的陶醉，完全沉浸在内心的自由里，还带着一种毫不羞怯的风骚和性感。"的确是这样，李泉有艺术家本质上的单纯，与人群接触，他是直接的、赤裸裸的。我们不要忘记李泉这一面,他以音乐为媒介来理解一切,他固执、专一,保持着音乐世界的清澈,不允许别的爱来插足。

樱花纷纷落下的季节,我在杭州遇见李泉乐队的成员,喝了一场酒。在那些很牛的音乐人眼里,李泉参加"歌手"没什么值得庆祝的,因为音乐生活并不是明星生活。他们说:"李泉只要一坐在钢琴旁边,他就是王子,太值得珍惜了,不弹琴的时候,他是个怪人,想得太多。"

你们想看到一个什么样的李泉呢?我很好奇。

他想怎样都行啊,做音乐不要理别人希望你变成什么,年轻时靠荷尔蒙,现在靠坚持,李泉到了这个份上,他有权利say no。

谈话到这里结束,因为酒喝完了。

我才听说,李泉有部分犹太血统,不知是真是假。

犹太《塔木德经》写道:一个男人应该变卖所有财产去娶一位学者的女儿,也应该把自己的女儿嫁给一位学者。犹太人对待读写严格得要命,他们的爱情也很严肃。

我问了这个:李泉爱过别人吗?

答案是:范晓萱吧。

## 我对音乐，贪得无厌

十多年前，当我对音乐和教育有了一些积累和心得，便开始自己写教材，并联合一帮朋友成立了音乐学校"泉音堂"，以上海为起点，然后去浙江及其他省份成立连锁学校。这不仅是一项长期的工作，也是我的梦想。

我四岁起被逼着弹钢琴，一开始对音乐其实是厌恶和抵触的，因为羡慕其他小朋友可以在外玩耍。高中的时候，音乐才渐渐成为我的一种生活习惯，并成立了自己的乐队，每天花五六个小时在上面。但当时进入音乐学院，从国家到老师，给我们灌输的唯一理念就是"拿奖、出成绩、为国争光"。直到开始写歌、进入唱片公司后，音乐对我来说才意味着一种情感宣泄的方式。

在音乐上我就像是一个贪得无厌的人，每种不同的音乐类型都想去尝试。反思自己在音乐道路上的经历和心理后，我对创办音乐学校的理念更坚定，不为考级教钢琴，只想让更多人快速入门，并

体会到做音乐的快乐。

我没有一首会循环播放的歌,因为我的音乐一直在往前走。每一年都会有新的东西打动我,让我发现,原来世界上永远有还没听过、吸引我的东西。但是我有几个偶像,从中学到现在都没有变过,陪伴我走过每个时期。比如坂本龙一、玉置浩二和警察乐队的主唱斯汀,因为他们的睿智,他们创造出来的美,让我觉得可以一直追随。他们每年都会更新自己的资料库,永远会带来新的惊喜,而不只是青春的记忆或躁动的荷尔蒙在起作用。小时候听他们的音乐是一种感觉,年长的时候听又是另一种感觉,不像其他的偶像,你中学的时候非常喜欢,可现在会觉得,好像自己走在了他们前面。

在审美方面,可能是从小弹钢琴的缘故,我比较在乎跟触觉有关的东西,比如人的手指和四肢。因为我觉得一个人去接触一个东西时,除了眼睛、鼻子和耳朵,他还会用脚趾抓地,用手指触摸,所以触觉可能代表着一个人的感觉。

集体审美的缺失,可能是属于我们全社会的,不只存在于选秀中。在很多其他方面,比如城市的建筑、街道,或者是人的谈吐和功德,都是缺乏审美的。这个问题要从整个民族、整个时代来看——在这一百年当中,我们对美育的接受和教育做了什么,对传达给整个世界文化的重要性专注过多少。选秀跟审美也不可同等看

待。在选秀的过程当中,更多的是一种故事性,一些情绪化的渲染,而非音乐本身。这当然是一种现象,但是这个现象不能完全怪选手,他们可能也是被教唆的,与观众的导向、电台编导的策划都分不开。

在我看来,一个歌手一定要现场唱歌,并不是为了要他真唱,而是一个唱歌的人,如果不唱歌他上舞台来干吗的?

举个例子,在我自己做唱片公司、包装歌手的时候,有一个签约新人叫李荣浩,我很欣赏他的才华和创作。作为唱片公司的幕后人,我也没有办法,曾把他推去参加一个所谓的选秀歌唱比赛。他

非常勉强地去了一次后,回来跟我说:"泉哥,我即便不能出唱片,也不想再去唱了。"我换位思考后,很能理解那种处境。他一上台,就被要求说自己的故事,这些东西对于一个真正的音乐人来讲,是非常难堪的。因为他真正想做的,是怎么在舞台上宣泄自己的感情,怎么把音乐表达出来。

其实,人还是那个人,只不过时代不一样了。唱片公司以前是一个相对主线的平台,可以把写歌的、唱歌的、演奏的、录音的人聚集起来,大家好像有一个共同的家。那是一个属于唱片的时代,不仅讲究个性化和风格化,还讲究原创性,完全通过专辑和演唱会与歌迷互动。如今,由于时代的变迁,唱片公司基本上不存在了,大家单打独斗比较多。在这个转型的机制里,大家更关注电视节目这个平台,出现了很多选秀比赛的现象,做音乐的人也在尝试用不同的形态被大家看到。但我觉得,写歌的人还是会写歌,不会写的还是不能写,会唱的照样会唱,不会唱的依旧不会唱,不会因为这些形态的变化而变化。

只能说,现在有不同的形式来反映这个小时代的面貌,甚至可能有一些浮夸和肤浅。但在这个时代出现过的东西,都可以代表这个时代,都有它存在的道理,否则它就不会出现了,对吧?但会有时间的长短之分,有一些东西它起初非常红,但只能持续一年半载;另有一些东西的生命力,可能会长达十年甚至二十年。如果我们现在去听二十年前的老歌,还会被打动,就证明它真的可以代表一个蛮长的时代。作为一个做艺术的人，我希望这个时代能够尽快地进步。我们的国家可以有更多好的艺术创作，让我们的国人体会。

由于我们现在这个社会的集体审美，大家还不需要台上有太多专业性和真实情感的表露，但是我相信这个时代终究会过去，我们一定会有一个更好的时代。

美太复杂。在人类的发展史上，有太多丑陋的东西，而美就是除此之外的东西，不只是脸蛋。我们去看大卫和希腊的雕像时，可以发现，关于什么是美，在两三千年前就已经有一个非常明确的定义了。而我们现在对这张脸，对这个身形的审美，好像还没有脱离这种标准。我们没有进化到另一个标准，只不过替换了一些服饰。甚至有的时候，我会越发觉得，无论是现代还是古代，那些太浮夸的东西就是不太美的。说到底，审美跟一个人的阅历有关，我希望大家能多看一些美的事物，对美的要求自然就会提高。

长得越来越像是无可厚非的，就是不要做得越来越像，因为做得越来越像，只能说明医生还不够艺术化。但这个东西，好像不太能够拿出来讲，会干涉到别人的自由。如果一个人对自己的长相不满意，想让自己变得更美，它好像是一件非常正常的事情。就像你想去买一件更贵、更好看的衣服，整容只是比那个走得更远些。但我本人不太喜欢整容这件事，而且觉得它其实并不能改变你什么。

有些人反倒是老了以后，会越来越顺眼。比如说老演员张瑞芳，在年轻的时候你可能会觉得，这样的明星好像很多人都可以变成嘛。可是，当他们变老的时候，你会觉得，真的明星才会是这样吧。当然，每个人都希望自己在变老的时候，能够进入另一种被人看待的模式，但这也是一种运气。

如果要给这个时代一个关键词，我觉得最大的一个词是改变。但我自己好像没有太大的变化。除了谈恋爱的次数多了，做的唱片多了，或者说是所谓场面上的经历比较多了，其他方面跟在上学的时候没有太大改变，比如说对音乐的感觉，对人的感觉，跟朋友在一起的感觉。这可能算是我的一个特点吧。

# When
# Lei meets Quan

一开始，我对音乐是厌恶和抵触的，

渐渐地，音乐成为我的一种生活习惯，

后来，音乐对我来说意味着一种宣泄情感的方式，

现在，我想把做音乐的快乐分享给更多人。

# 对话

蕾：音乐跟其他艺术形式结合的最好方式是什么？

泉：MV。

我还记得第一次拍MV是1992年，大学时与唱片公司刚开始合作。当时看到迈克尔·杰克逊的MV，极具创意和电影画面的美感，是那个时代无法抹去的一个回忆。

我觉得，把一些不好的电影归结为MV，其实是对MV的一种亵渎，真正好的MV会影响一代人。

# 蒋琼耳

爱马仕中国新创品牌"上下"

CEO & 艺术总监

### 李蕾说 蒋琼耳

蒋琼耳很性感，是那种完全自主的女人才拥有的性感。

有些人美则美矣，非要给你介绍一百回，到一百零一回，还得重新介绍。在那张脸上，除了漂亮，真是没有任何特点，"什么"也没有。

琼耳的脸，确实特殊又特殊。

我能从一万个人中轻易认出她，因为她长着一张"work脸"。

什么是"work脸"？这个词是我发明的。我坚信，过了四十岁，一个人的内心就会在脸上现形。作为一个顽固的观察者，我喜欢盯着一个人的脸看，这很有意思，就像得到一张宝藏地图，上面布满隐秘的记号和古老的家族语言，足以挑战一个解密者最大的好奇心。

Work，是"工作"，也是"作品"，工作带来金钱，作品则带来尊严。在那些长着"work脸"的人身上，我感受到了最重要的法则：大多数人的work是被时代创造和定义的，但有些人正在通过work创造和定义时代。

如果你见过蒋琼耳，就会和我一样，难以忘记她。

她的脸很窄，像是被人用门板从正面用力夹了一下，轮廓鲜明。她的眼睛如同两枚钉子，感觉要把人钉在墙上，很有力量。她走路步子很大，喜欢大笑，的确是这样，琼耳是我见过笑起来露出牙齿最多的女人，整整十颗！

我第一次知道她，是因为爱马仕。爱马仕在每个国家都会邀请当地一名艺术家或设计师设计橱窗。在蒋琼耳之前，中国内地的橱窗都由中国香港或法国的设计师代劳。自从和蒋琼耳第一次联手之后，爱马仕在中国再也没有换过橱窗设计师，并和蒋琼耳一起创造了东方品牌"上下"。

在上海淮海路上，有一幢邬达克设计的小洋楼，清水红砖墙，倒映着梧桐树影，这里是蒋琼耳的"上下之家"。我在这里拍摄纪录片，访问蒋琼耳。她又神秘又美丽，长着好看的脖子。脖子真是太重要了，一旦脖子庸俗，女人的气质就会支离破碎。琼耳脖颈修长，很像奥黛丽·赫本。

和琼耳聊天很过瘾。她非常诚实，不忌讳对心灵做深入的探险，她的迷人之处并不来自深思熟虑，和大多数人不同，琼耳有种天然的敏锐,能够捕捉到崭新的时代风格,并且毫不犹豫地去行动。作为一个幸福的人,她的眼神未免显得太锐利,如果你并不与她势均力敌,也许会感到紧张。她不属于大众,也不认为自己红,她说:"我是紫红吧,这样很好。"

我告诉她:"琼耳,我对你是有嫉妒的,我嫉妒你有好婆。"

"好婆"是琼耳的外婆。我第一次看见好婆的照片,是路过"上下"的橱窗,啪地一下,我就被震住了,好久没挪动脚步。在海报里,好婆半裸着身体,裹一条大红手工羊毛毡,她的身体有九十多岁了,可以做全世界的外婆,姿态却非常年轻。

琼耳说:拍照片的时候,我们都以为要努力说服好婆脱掉衣服,谁知道她点了支雪茄,抽一口,裸露出身体,用上海话对现场的工作人员说:伊放松点,放松点。

好婆一生经历过战争、饥饿、生别离和大富贵,时光流水一样滔滔而过,可她终其一生都保持了年轻。琼耳是好婆最心爱的外孙女,也是家族中最像好婆的女人。在她们那个颇具东方气质的大家庭中,爱和美是最重要的事情。我看过琼耳的全家福,人丁兴旺,如花美眷,像一幅幅雅致的工笔画。画中的每个人都不一样,但每个人脸上都有流动的幸福感,像是从未被世界欺负过。这真是让人羡慕,是琼耳让我发现了家庭的宝贵,也许一时的好坏、悲喜都代表不了什么,顺时家业大一点,不顺时家业小一点,实际上,维系百年家族信心和活力的，并不是财富、名望、长寿基因和坚固建筑，唯一能够给生命带来福祉的，唯有一个女人和一间厨房。

最近的消息是，"上下"出品的犀皮漆天地盒盖被大英博物馆永久收藏，这是大英博物馆在清朝之后收藏的第一个中国艺术品。琼耳说："每一件器物，不管是一副扑克牌还是一根小小的幸运红手绳，都有文化的故事在里面，世界上最珍贵的东西只有两样，就是'时间和感情'。我们所创造的一切，都是在分享'时间和感情'，这与价格无关。"

我们第一次见面，琼耳从自己手下褪下一个金色镯子送我，是"上下"的设计品，她说："我戴过的东西有气场，会保护你的。"我大笑起来。镯子上的纹饰来自三千多年前的青铜器，但它很现代。

我们并不知道有什么东西会在这个时代消失，又有什么会卷土重来。爱马仕拥有一百八十多年的历史，"上下"今年刚刚十岁。在似水流年里，手艺的命运最能鉴别人心的高下。

其实我并不喜欢一个热词"匠心"，它过于局限。

我只想知道：如果为自己无法享用的树荫去种一棵树，你会愿意吗？

蒋琼耳一定会说："现在就做！"

## 创造有温度的美

爱和美，是我心中定义这个时代的审美的关键词。这个美是由爱而生的。人家不是说相由心生吗？我觉得美由爱生。

有爱的话，不管你在做什么，你所建设的这个事业是有温度的，因为你是用爱在创造。你的家庭，你的爱情也是有温度的，因为你是用爱在滋养和维系。所以我觉得单就爱这个字而言，世界上没有什么秘密。但是说起来容易，要是在生活的实践中，每时每刻都用爱生活着，用爱度过生命的每一天，也不是一件简单的事。

爱没有办法去培训，没有办法去学，没有学位可拿，只能由心而发。而且，我的理解是，爱只是一个概念，生命里最重要的是"爱着"，是现在进行时，要不然这个爱只是一个大概念；而"爱着"这个现在进行时，这个动词，是生命的幸福所在，或者说要过有温度的生活的秘密就在于"爱着"这两个字。

在我生命中,最能活出"美由爱生"的人无疑是我的外婆,"上下"的御用超模。

她第一次投身于这个行业是在九十岁那年。在我大学刚毕业时做了一个工业浪漫主题的首饰展,用各种各样、冷冰冰的机械零件做材料。我想请她做模特,想了很多说服她的理由,因为拍摄时只会用精简的布头包身,把脖子和肩膀这些部位露出来戴首饰。然而,我刚提出这个概念,她就说"可以啊,没有问题。你说怎么做,就怎么做吧"。

外婆对我们的家族精神和灵魂,有非常重要的影响。她永远保持像儿童般的开放的思想,像海绵一样地去汲取着每个时代的信息和气息。在我的大学时代,我和哥哥都认为,外婆的思想比我妈更开放。我们有时候情愿跟外婆聊心事,也不跟父母聊。这是我觉得她保持长寿和美丽的最大秘诀。我们以前也问过她,如何保持这样的一种生命力和美丽,她一直说:"生活里面很多事情,就是需要放松点,不要搞得这么复杂。放下一点,放松一点。"

在过去这五年,我们发现,越来越多的,虽然谈不上主流,但是一部分从年轻的到六七十岁的中国人,开始寻找自己的文化身份——我是谁?中国现在越来越强大,那么到了国际舞台,这个全球化的社会,我是谁?我为什么来自中国?我的文化身份是什么?我接触西方的生活方式十几二十年了,但有的时候我会有意识地回归到一些东方的、安静的、祥和的生活方式,和茶、和香有关,与冥想和禅修、与自我对话有关,去寻找到一个平衡点,还真挺舒服的。

美本来就没有对错,它只是一个循环,一个轮回。我们没有必要去做任何的评判,我们不是法官,本来对美的理解也没有对错之分。也许今天很多人都热衷于追求西方的审美标准,但也许终究有一天我们东方的美又会回到主流,对不对?因为不管是东方还是西

111 ——— 蒋琼耳

"上下"天梯系列陶瓷扣项链

方,我们都曾经在历史上达到过它辉煌的状态。所以这就是一个生命,一个历史的轮回。

如果我们从狭义的角度谈审美,即我们看到的人的长相,时下流行的审美标准之类,这些都是暂时性的。譬如二十世纪六七十年代流行那样,现在是流行这样,以后会流行什么,我们谁都不知道。就像一个圆,它就在那里转转转。对我个人来说,这些都不重要。生活美学,以及你为这个时代的生活创造了什么样的一种美的体验,才是我关注的,而不是这个时代关于美的标准。用你自己对美的标准,去为这个时代的生活创造一些美,是我最关注的部分。

"天坛"系列丝巾

"桥"系列竹丝扣瓷茶具

我们的设计不管是衣服还是家具，最重要的一点，它一定是为我们日常生活服务的，而不是放在那里供欣赏和把玩的收藏。一枚美丽的戒指，你每天戴，它才会和你发生一个真正的，不管是肉体上还是情感上的一种关联。衣服如果被挂在那里，你一年只穿一两次，它其实跟你是很陌生的。我希望我们的这些作品是有温度的，它每天介入你的生活，给你带来美丽和自信，给你带来一种作为当代中国人的文化身份。

爱马仕决定做"上下"，不一定是我一个人的力量和设计水平在起作用，而是我们中国的文化，这才是第一大力量。大家一起看重的，不是我这个人，而是怎样把中国上下几千年美好的神韵和文明，用时尚的方式重新演绎出来。当这个已经躺在历史里的千年美女，因此而复苏，穿上时尚的衣裳的时候，她的力量，她所绽放的力量和光芒会令全世界震惊不已。所以我觉得首先爱马仕合作的不是某一个人，而是为此而来——为中国这位美丽的，也许某种程度上，还半沉睡着的这样一种文明而来。

# When
# Lei meets Qiong

美没有规律，也没有规则，但是它可以有不同的品味和风格。

我们不需要去评判哪个风格好或是不好，

只要能找到符合你的个性，

让你愉悦，让你感觉自己是美的，就可以了。

# 对话

琼：任何一个品牌，大家看重的，一是这个品牌的理念和价值观，二是产品的风格和品质，而我觉得吸引大家反复来的，是情感。当你这个人用一种真诚的、充满爱和发自内心的方式分享的时候，大家是会被感动的。只要你心动了，就会像谈恋爱一样，你如果心动了，下次就还想见见这位姑娘。

蕾：你说到一个特别重要的词，心动。
很久前，我一直对谈恋爱这件事情有个心结，觉得自己搞不清楚。一个导演告诉我，其实很简单，只要盯着这个人看，如果你心跳了，就是对他有感觉。

琼：是的，心动了，就会有感觉了。

蕾：可是我后来常常把手放在我的老心脏上，然后心想，它怎么不跳呢？

琼：人还不对啊。

# 叶蓓

歌手、校园民谣的代表人物之一

## 李蕾说 叶蓓

二十一岁的叶蓓,白天在中国音乐学院上课,晚上跟着老狼、高晓松、郑钧和朴树他们去演出。每次演出结束回到宿舍,叶蓓仰起头,看见窗户纷纷打开,同学们探出头来注视着自己。那是校园民谣的鼎盛时代,叶蓓成为麦田音乐签下的第一位歌手。

1996年,宋柯毕业回国,他发现大学生们都在唱《同桌的你》。这首歌的创作者叫高晓松,那时候的高晓松身高一米八,长发,清瘦,会作曲会弹琴会唱歌还会写诗。宋柯决定为高晓松出一张音乐作品集,他创办了"麦田音乐公司"。

多年后,高晓松曾自豪地说:"我开创了一个文人来做音乐的时代。"从中国的魏晋时代开始,文人就被赋予了特殊的美感和使命,嵇康抚琴,弹的不是琴,是风骨。如果一个人在音乐上很能变通,那他肯定是个生意人,不是文人。

那些岁月非常年轻，高晓松在酒吧里"捡到"一个姑娘，她很会唱歌，在嘈杂环境中特别有定力，高晓松让姑娘帮忙录个小样，姑娘问：什么是小样？高晓松说：就是给大腕听的。这姑娘就是叶蓓。她录了四首歌，后来被收录到高晓松1996年的音乐作品集《青春无悔》中，成为校园民谣时代最为经典的作品。

在这张专辑里，叶蓓唱着《白衣飘飘的年代》，那似乎不是一首歌，而是整个时代的缩影。女孩子都要去看海，喜欢白裙子、白月光、一小块白橡皮，而男孩子的心底藏着一个白衣飘飘、长直发的女生。

那一年我正在西安长大，一座古老的北方之城。城池中心一座鼓楼、一座钟楼，遥遥相对，历经六百多年。黄昏时分，暮鼓沉沉敲响，蝙蝠成群结队在钟楼上空盘旋。夏天的夜晚，月亮升得很高了，大地还是热的，我在大雁塔广场上放风筝。赤着脚奔跑，放飞一只蓝色鲤鱼风筝，看它缓慢地穿过几丝浮云，好像随时会掉下来。随身听里，是叶蓓在唱："当风筝飞过城市，你举着那枝花在等谁，那天夕阳落下的模样，你始终没对我说……"

这首歌叫《回声》。如果说青春总是在多年后有回声，我认为它的名字叫叶蓓。

等我真正见到叶蓓，已经是2014年了。在北京单向街书店里做活动，她来了，躲在人群后面，干干净净，像一粒明净的珍珠，温柔若有光。

我有点惊讶：这么多年了，叶蓓怎么一点儿都没变呢？

是马尔克斯说过：让时间流逝吧，我们会看到它究竟带来了什么。

其实每个人心里都有自己想要的样子，只是随着时光流逝，我们分头胡乱长大。

当年一起扛起"校园民谣"的人都去哪儿了？高晓松移居美国，拍电影，搞音乐，当评委，做脱口秀节目，一直跟着时代在变；老狼结婚生子后，基本上处于半退休状态，2016年，他作为补位歌手，参加了综艺节目《我是歌手》；朴树还是那么好看那么拧巴，住在北京郊区；许巍2018年经历了亲人的离世，他演出越来越少，经常登山和念佛。

与别人相比，叶蓓似乎停留在了青春年代，她的样子没什么变化，声音没什么变化，依然爱唱歌，爱笑，安安静静地，脸上透露出来对自己、对世界都很满意的神情。但这并不是真相，2017年2月，叶蓓在纽约演出，在一个老旧的环形剧院里，演出名叫"爱已成歌"，歌词写的是：当爱已成歌，唱歌的人已变成风景，美丽的往事飘零，在行人匆匆眼里，谁能把一支恋歌唱得依然动听。在舞台口，叶蓓拍着老狼的背，忽然泣不成声。

这一年的最后一天，叶蓓在朋友圈里说：2017年，经历了前所未有的困难。每一次我安慰自己，一切都会过去，时间是最好的见证。

看着这一行字，不知道为什么，我的眼泪就下来了。

常常有人问叶蓓：青春究竟是什么？

这真的很让人为难，要么太老了，要么太年轻，再没有比讨论青春更艰难的事情了，放在任何年纪说都不对劲。功成名就的人尤其要闭嘴，他们的嘴巴热气太足，一开口就会让雪花消失，让开满白花的树枯萎。和青春相比，世俗生活显然更有好处：热闹，省心，没有任何不确定。这些东西加起来，几乎等于幸福。青春却不一样，它和幸福无关，更像是一种本能，要么你一下子烧起来，救不了，要么这辈子也不烧，平平淡淡到头了。

我记得窦唯说过一句话：最难熬的是清净。在时代改变中，一直跑在最前面的，是成功的人，一直找到舒适位置的，是幸福的人，像叶蓓这样一直保持不变的，是纯真的人。

艺术家冰逸说："很多人唱歌或者做事都挺有习气，但叶蓓没有。她像一种纯粹的物质，丝毫不堕落。"两人第一次见面，叶蓓穿着深色羽绒服，站在人群中，冰逸觉得自己见到了月亮："很多人的气质是疲惫的，被生活折腾得往下沉，但叶蓓的气息是向上的。"

我并不认识冰逸，但我觉得这个人是心疼叶蓓的。幸福的人们都会面朝大海，迅速衰老。叶蓓没有，她始终微笑，始终克制。一想起她，我就忍不住要感慨：会一门手艺真是好呀。在不可避免的孤独和黑暗里，如果你会画画、会烹饪、会剪裁衣服，或者像叶蓓一样写歌唱歌，生命就能够依靠。拥有一门手艺，你才能感受到这世上的确有值得骄傲的东西。

从2014年开始，叶蓓陆陆续续写了三四十首歌，她陪伴家人，健身和旅行。2018年，她发布了自己的新专辑《流浪途中爱上你》。距离她上一张专辑，整整十年。

写这篇文章的时候，我一直在听她的新歌。声音很诚实，它不戴面具。不管现实生活中经历了什么，你竖起耳朵听，就能听见叶蓓内心里古怪精灵的干净，好像她从未被辜负过，从未被用旧过，从未失望过，这是一个女子面对世界的勇敢。

新专辑办活动的时候，高晓松、老狼、朴树和许巍都来了，张亚东和小柯也在现场。叶蓓说："如果宋柯赶回来，我们就聚齐了。"这些人曾经开创了内地流行乐坛的一个时代，是很多人记忆中的诗和远方。他们为什么会为叶蓓而来？叶蓓说："其实我们都没花太多时间去维系这份感情，但朋友间的友谊说不了谎，时间说不了谎，音乐更说不了谎。"

一旦叶蓓开口唱歌，她就拥有光芒四射的魅力。当然是这样，所有人都爱着叶蓓，但我并不清楚：人们究竟是爱这个一直在歌唱的女子，还是爱着自己曾经付出心头血的青春？

## 把青春唱给你听

校园对我来说，意味着岁月的一种走过。

它是一段非常重要的经历，人生的其他阶段，都无法取代校园生活。它之所以那么美好，是因为那时候的你还很懵懂和单纯，遇到的人和事映射到内心也都是美好的。每个人都应该去拥有一片这样的时光，那片时光在你今后的所有岁月中，会成为一份温馨而特别的陪伴。

我还记得，校园民谣最火的时候，当我们演出结束回宿舍时，同学们都打开窗，探出头看着我们走过小马路，这种感觉很幸福。每当那个时代的旋律响起，包括《青春无悔》《白衣飘飘的年代》等，我就能进入记忆中那片年轻时的光景。除了学校的高山流水、食堂前的几棵大树、和同系朋友的贫嘴逗乐、谈恋爱的场景，还有旷晚自习去看电影被老师找去谈话，那一整片时光其实是交叠在一起的。

当秋风停在了你的发梢
在红红的夕阳肩上
你注视着树叶清晰的脉搏
她翩翩地应声而落
你沉默倾听着那一声驼铃
像一封古早的信
你转过了身 深锁上了门
再无人相问

那夜夜不停有婴儿啼哭
为未知的前生做伴
那早谢的花开在泥土下面
等潇潇的雨洒满天
每一次你仰起慌张的脸

看云起云落变迁
冬等不到春 春等不到秋
等不到白首

还是走吧 甩一甩头
在这夜凉如水的路口
那唱歌的少年
已不在风里而你
还在怀念

那一片白衣飘飘的年代
那白衣飘飘的年代
那白衣飘飘的年代
那白衣飘飘的年代
……

——《白衣飘飘的年代》

大二的时候，我想要尽快地表达自己的能力和独立性，就去外面唱歌，勤工俭学。那天晚上，俱乐部里面没有什么人，我就在一种特别放松的状态下唱歌，正好被高晓松他们来玩的一班人听到，觉得我唱得好像挺不一样的，就互相留了联系方式。后来，我就去帮他录了小样。最后，这一首首歌，就都变成我唱了。所以我觉得跟高晓松认识，也算是一种天意吧。

也是在那段日子里，我还认识了圈里其他很多有意思的人，比如说老狼、许巍、郑钧、朴树，他们都对我的音乐审美有很大影响，推荐了不少音乐给我，在音乐气质上也给我很大启发。

他们身上的范儿其实是一种由内而发、有态度的气质，通过眼神和肢体语言，表达出内心的坚定、待人处事的方式和自身的思想价值。几乎男人的优点，都能集聚在这几个人身上，比如温柔体贴、幽默风趣，甚至是小风流、那种坏坏的感觉等等。他们满足了女生对一个男孩真实存在的所有面向的幻想。当时的我就像一个小跟屁虫，跟他们天天在一起吃公司阿姨做的饭、玩扑克牌，然后漫无边际地聊人生，聊艺术，聊生活，聊爱情，聊他们的青春故事。

直到现在，我跟他们还保持着断断续续的联系。但不会出现，比如十年后见面，会突然觉得变化很大。对我来讲，他们的变化早已潜移默化到血液里头了。最大的变化可能就是容颜上的变化——那个时候的他们更瘦，皮肤更紧致。在我个人看来，年轻时有青年

人的朝气,中年的时候,有那种因为认识而懂得去温暖对方的那一份柔情,就足够了。

　　我觉得自己特别幸运,一入行就认识了非常有才华的人,而且他们这一票人是非常符合我的审美的。今天的他们无论怎样变化,都是一种非常养眼的感觉。我们现在不会只因为容颜而去追捧一个人了,我们更需要看到这个人的质地和本性。

　　到了我们这个年龄,有所经历之后,你会更清楚想要用什么样的方式去表达。在你有选择的范围内,当然希望自己尽量在表达中形成一种非常舒适的角度,然后在这种舒适的方式中流淌着。这个时候，你所做的事情一定是想做的，因为已经脱离了刚毕业时的恍惚感，那种对自己产生猜忌和迟疑的不确定性，都通过你的思考慢慢淡化了。

音乐其实就像毒药一样，无死角地渗透在我的每一寸肌肤中。它带来的视觉享受是全方位的，重要的是，能和我的使命完全对上号。做音乐就应该有使命感。我在创作的时候，都怀着恭敬之心，因为我太看重用音符去表达的方式。每次坐在钢琴面前，感觉都要先沐浴更衣，然后以一种干净而清静的心境去面对。

通过音乐，我其实想传达的是一种美好。我清楚地知道自己是怎样的人，知道什么东西能传递出内心最舒适的感受。新唱片中，有一种非常柔软的、流淌的，并且是很坚韧的、勇往直前的态度，也是我的一个阶段性的表达。在我的认知里，它是一种因存在而有的美好、因坚强而有的美好、因你的认知而了解真相之后的美好。

现在的自己跟以前相比，依旧很简单，但整个人更通透了。当年的小女孩会更由着自己的性子行事，好似生活中没有一根拽住风筝的线；现在感觉多了一根线，在游刃有余地表达自我的同时，也对自己的大体系更明晰了。所以现在创作的东西更有力量，也多了一份对自己的信任。

衰老没什么可害怕的，因为这是每个人都逃避不了的现实。一生中最重要的是活出内心的自在，其他外在的东西都敌不过内心对

自己的认可。所以我觉得要尽力控制住自己的心性、朝着真善美去努力,不断地修正自己。真正的美好,不限于你是否衰老。即使将来到了七十岁,我希望自己还能保持优雅中不乏天真的状态,还能观察到花开花落、四季变迁等自然界的细节。我最喜欢自己的地方就是,因为美好而显得很天真。

对于时下很多女孩整容成锥子脸的现象,我觉得它不太关我的事,因为我不是特别喜欢评判他人的选择。每个人对美的评判标准都不同。审美也是因为自己在一个审美的价值体系中,有一定的认知和判断后,才能够有自己对美的一个评判标准。

社会有它的引导性，每个人做某件事都有自己的初衷，所以说，如果他做这个事情是为了让社会多一点美，改变这个社会，那我觉得还是应该包容每一个人想给这个世界表达美的心。

　　任何东西都是相对的，绝对自然的东西不见得是美，它其实总是在一种不受控制的状态；而在绝对控制下产生的美，也不是绝对的美，因为它没有源于自然。所以我觉得绝对的美，一定是在被控制的、自然的基础上，能够达到的一种境界。

# When
# Lei meets Bei

人世间其实存在着一种摸得着

看得到的真实的美。

它是跟自然界有交流的,比如说风的声音,

鹰飞过的声音,海浪的声音,

像是一场将万物融合在一起的音乐会。

# 对话

蕾：你怎么看待现在歌坛"歌红人不红"的现象？

蓓：歌红人不红的现象，每个时代都会有。

很多时候，除了努力和表达形式之外，红不红是命和运气的问题。有很多不可控的立体的因素，包括媒体的判断、商业化的社会环境等，很多东西是不可控的，无法按照一个模板去复制，然后100%达到所谓的商业目的。

好的东西不见得要商业，商业的东西也不一定好，但真正好的东西是可以两边都沾到的。

# 六神磊磊

自媒体人,本名王晓磊
创建微信公众号"六神磊磊读金庸"

## 李蕾说 六神磊磊

我喜欢金城武。

如果金城武今天在隔壁拍片,我也没兴趣去看他,但如果六神磊磊在隔壁,我一定要去看他一眼。

——在节目里,我的确是这么说的。

世界上没有任何一个人是非见不可的,只是一旦错过,就会有不同程度的遗憾。对我来说,没有人比金城武更帅了,但错过六神磊磊,这个遗憾指数更高。

很多人认识六神磊磊,是从《猛人杜甫:一个小号的逆袭》开始的,当时这篇文章刷爆了朋友圈。我记住他也是在2014年,因为郭美美事件,看到他的文章《大人物战斗过的地方》。文字训练有素,说一件事能直戳要害,和大多数直戳型的作者不同,六神磊磊是以写文章为乐的。他有作家天赋,文笔轻松,很明净,分析很有一套,讽刺也自成一派。看他的文章,老是让我想到一只猫,捉到老鼠并不吃掉，在草地上耍弄它，直到把凶杀案变成特技表演，有点冷酷，更多的是好玩。

说说2014年，这一年很特别。我学会了发朋友圈。中国杂志的黄金时代落幕，《外滩画报》总编辑徐沪生离职，他骑着自行车穿过巨鹿路，创办了自媒体《一条》。这一年里，微信公众号每天保持八千个增长，央视平均每天一个人辞职。这种状况持续三年之后，央视一个部门主管去办辞职，人事科的老先生翻开厚厚的记录簿，请他在白纸上签名，问接下来去哪儿啊。回答：腾讯。老先生推一下眼镜，说：你有前途。

六神磊磊是从新华社离职的，他在新华社重庆分社当了六年多记者，跑司法口。离职的时候，他的微信公众号"六神磊磊读金庸"已经有了几十万"粉丝"，可以通过接广告来养活自己。据说，此时六神的公众号已经有两百多万"粉丝"，每篇文章阅读量都超过10万+，接一条广告五十万。这一年，《一条》的估值则达到了五亿美元。

对这个时代心存绝望的人，可以从六神磊磊身上看出这个时代最大的好：无论你是正才歪才还是鬼才，只要你有才，就不会被埋没。

一个人依靠写作能够活得如此独立和体面，这是手艺的荣耀。

六神磊磊眼睛大，浓眉端端正正，头发像小刺猬一样。他长得一本正经，只要笑起来，嘴角就显出小坏，他的耳朵是支棱起来的，让人一看就觉得有趣。比起我们，六神多了两根天线，一根金庸专用，一根唐诗专用。

2003年，我主持"金庸华山论剑"，现场有个五岁男童，他问金庸："你一次能打多少人？"金庸说："我一个人也打不过，我不会武功。"小男孩好失望，他没想到，金庸是在地摊上买了两本拳谱，就开始写武侠了。六神磊磊也不会武功，他没想过去少林寺出家，小时候很乖，是那种拿着砖头去打群架，挤到前面手软不敢砸别人的孩子。迄今为止，六神磊磊根本没见过金庸。那些给他带来现实利益的东西，都是他没见过的，也不是他自身的一部分。六神文章中所有的光芒，出于他的趣味和头脑。

六神读书成癖，这是很多伟大作家的共同之处。
一头嚼嫩草的牛总是在反刍，六神的牧场是金庸和唐诗。和别人略有不同，六神并不赞同文采飞扬，他认为最好的文章第一要准确，第二要干净，第三要让人忘记文采。因此不管他写什么，给人们留下深刻印象的总是作者本人，作者的幽默，坏坏的想法和某些奇异的脑洞。

我一直认为六神并不喜好辩论，后来才发现这是误会。他不与人争口舌，不逞强，并不意味着他不擅长。自媒体江湖发生过一件事"六神磊磊打周冲",因为反对洗稿,六神磊磊和周冲打起了笔仗,直到把周冲打成了规范格式。

打笔仗由来已久,只看打得好不好看,跟上六神的节奏并不容易。他是调查记者出身,受过严格训练,犹如一个"练家子",手眼身法、头脑嘴巴一起参加,对方反驳得越激烈,辩论就越好看。要是不看六神磊磊的反应,你会猜不到一个话题的爆炸性有多大,一粒小小的火星,会把整座山都烧起来。像真正的打架一样,能够在战斗中保持稳定状态的人,靠的都是表里一致,把对峙当家常,不要有超长发挥的部分,这样才能看出高下。

喜欢六神磊磊的人都出自真心,那些高看他一眼的人,除了爱他有趣,更爱他的正直。每有新闻发生,我们办公室90后的软妹子会说:"呀,好想看六神磊磊怎么说。"某次大事件,风雨飘摇,六神的公众号后台里一排排留言,都在劝他:不要更新。

真要了解一个时代,要看那一代人爱着什么,怕着什么,改变了什么。在六神磊磊的文章里,你会看到一个男孩子真挚、亲切的气息,他如此热爱生活,热爱自由。

## 金庸教我的审美

我以前并不是个武侠迷，但最先看到金庸的小说，然后就发现其他任何小说都看不上眼了。2013年底，为了打发时间，我开设了微信公众号，随便取了一个特别土的名字"六神磊磊读金庸"。

有人问我："你如果见到金庸，第一句话想说什么？"我说："第一句话就是，感谢你养活了我。"这是我的真心话，如果不讲这句，就是虚伪。我觉得，有的时候我们看一个作家有多伟大，可以看他养活了多少人。比如曹雪芹写《红楼梦》，虽然养活不了自己，但现在有很多人靠解读《红楼梦》过日子。我只吃了一点金庸的边角料，就能活着。

我喜欢读金庸不完全是因为里面打打杀杀的江湖场面，这个快感是很快会过去的。其实，我也很喜欢古龙，但是我不可能开个公众号叫"六神磊磊读古龙"，因为金庸构建的那个世界够大，够厚实，能反映出复杂的人性。引经据典地来讲，古龙是"水之积也

©Photo by 龙龙

不厚,则其负大舟也无力",他的世界不够大,人物的塑造比较单薄,经不起反复的解读,可这并不影响我们喜欢读它。我这么说应该会得罪一把古迷。

最让我佩服金庸的一点是,他真正融入到了我们华人的血脉和骨子里,比如"华山论剑""左右互搏"的典故;又如"灭绝师太",哪怕是没看过金庸的小说,也能知道是形容什么样子;"凌波微步"是曹植写过的,但也是金庸将它普及起来的,所以他厉害在这些地方。

我自己经常会想,我读金庸读得比别人好吗?并非如此。

二三十年以前有论坛的时候，就有很多人在上面解读金庸的小说，说得头头是道；现在我也讲讲唐诗，但我真的对唐诗有特别的见地吗？其实也不是的。我只是赶上了一个潮流而已，这个潮流裹着我往前走，并不是比别人水平高。我们现在这一波写字的人，水平真的是比二三十年前写字的人更厉害吗？我觉得没有。

自媒体、公众号到底能不能赚钱糊口，我觉得要靠现在文字市场的一条叫"价值的金线"判定。你写的东西若没有达到这条水平线，就没有价值，在金线以上则价值连城。之前有一个人批评我，他说："我写的东西，不至于连那个六老师的十分之一都比不上吧。"我的回应是：可能我读金庸时间比他长，琢磨的时间比他多，人比他聪明，也没有他那么小气，就在金线的价值上了。

网络没有改变我们对内容的评判标准，并不是网络出现后，大家就喜欢肤浅了。而是网络把你写的东西曝光了，让大家看看到底好不好。在众多行业里，最容易自大和膨胀的就是媒体人，总觉得自己吃过见过。但其实，平台给你的力量都是假的，只有自己修炼的内功和力量才是真的。

金庸有一个很棒的地方是，他能够包容很多种不同类型的美，每一部小说里的主人公的味道都是不能互换的。比如说，金庸可以审出各种各样的女孩子的美，无论是毒辣的、自强的，还是温柔

©Photo by 古小朵　　©Photo by 龙龙

的、腼腆的，他能把这些女孩子都"抱"在怀里，这里是指艺术上的"抱"，不是动作上的"抱"。而不像有的作者只喜欢写同一类型的女孩子。唐诗亦是如此，它也妙在能包容不同种类的美。

举个例子来说，初唐时是一种充满希望的美——"牧人驱犊返，猎马带禽归"；盛唐是一种阳刚的、健硕的、孔武有力的美——"欲穷千里目，更上一层楼"；晚唐则是一种残缺的美——"溪云初起日沉阁，山雨欲来风满楼"。可是，哪怕是在晚唐，唐诗中也有不同的美。既有我们一般认为的凄艳之美——"相见时难别亦难"，也有另一种朴素而刚直的美——"我愿君王心，化作光明烛。不照绮罗筵，只照逃亡屋"。从这些唐诗中，我会觉得这个

©Photo by 古小朵

世界很好看,并深深陶醉在这些美中。

我特别想做的一件事情就是改变大家,特别是小孩子对唐诗的审美,并且让他们真正读进去。小孩子只是哇啦哇啦地把唐诗念出来,家长和老师并没有告诉他们这首诗有多美。比如说,我认为唐诗里最美的诗——"床前明月光,疑是地上霜。举头望明月,低头思故乡。"小孩子从来不觉得这个东西是美的。我们可以告诉他们简洁的诗最美,而不是花哨的长诗"春江潮水连海平,海上明月共潮生",而且要跟他们强调你背的诗很美,你背的不是儿歌,不是民谣,你背的是唐朝最好的诗,这就是美的教育。

读金庸和读唐诗是有很多相通之处的。唐诗有时候很像一个江湖，里面的诗人像一个个侠客，比如你是白居易，我是刘禹锡，谁才是这个时代最牛的诗人？我不服你，你不服我，我们就在一起拼。直到其中一人离世了，另一个觉得少了对手很孤单，便作诗怀念——"四海齐名白与刘"。这多么像洪七公和欧阳峰。包括武侠中很多对侠义的理解，与唐诗里面的境界也很相像。无论是读金庸还是读唐诗，迄今为止对我最大的考验都是能不能继续读下去。当我写了第五十篇，还能不能写出第五十一篇。

除了审美，金庸还教会我，文章可以在写得很通俗和浅白的同时，把你的思想表达出来；在生活中碰到什么样的情况是可以生气的；以及，那些很有权势的人不一定值得崇敬，他可能是很可笑的。比如《笑傲江湖》中的一个大佬任我行坐在宝座上，大家都向他跪拜，并高呼："任教主千秋万载，一统江湖。"突然间，令狐冲觉得很好笑，就在那个承德殿大堂里笑起来了。

真正的美人还是要经得起看。比如有的美女，第一眼看想犯罪，可是一跟她聊天，讲两句话后我就想逃跑。我觉得美还是多样一点比较好，不要都整成一个样子的网红脸，老公都认不出来，那有什么好看的？就像金庸说："青霞的美是无与伦比的。"

如果可以穿越时空，任意和一个人对话，我想见杜甫，问他一些很八卦的问题，类似于"你现在过得这么惨，你知道自己后来这么出名会是什么反应？"杜甫写诗表扬了好多前辈诗人，包括李白和一些名不见经传的诗人。可是如果他知道自己最后在诗坛的地位，会比屈原及自己同时代最有名气的王维等等都牛时，会是什么表情。我很好奇这个。

必须要承认，我们现在活的这个时代是中国最好的时代。如果你不承认这一点，要么就是不懂历史，要么就是不面对现实。如果要用一个关键词来定义这个时代，我会用"选择"。如今每个人都有很多选择，每个选择又会影响到很多东西，形成这个充满可能性的时代。

# When
# Lei meets Lei

金庸的小说总能带给我新的东西，

每次读我都能发现他这个优点，

就愿意让他进入我的生活一直陪伴自己。

# 对话

蕾：我觉得自媒体时代就有一个好处——你真的可以按照自己的节奏，用自己的兴趣过得很体面。你是什么时候忽然发现，周围有一群爱戴你的人，作为"六神磊磊"的这个人红了？

磊：不，我认真地跟你说，我离红还差得远呢，我见过什么叫红。有一次，我到伊斯坦布尔参观按照土耳其作家叫帕慕克写的《纯真博物馆》建成的博物馆。那天下着小雨，阴雨连绵的，道路上全是泥泞。我心想，博物馆里可能只有我一个人。但博物馆门口站满了来自各国的读者，他们手里拿着帕慕克的书，打着伞准备排队入场。

这样才叫红。

# 姬十三

果壳网CEO

在行&分答创始人

## 李蕾说 姬十三

姬十三长着娃娃脸,无论多大年纪,都像个勤勤恳恳的学生。

不管从外表还是性格上看来,姬十三都太正常了,有时候那种正常简直会让女孩子生气。他干干净净,对一切与他公司相关的事情都一丝不苟,夏天穿翻领T恤,冬天穿秋裤,没什么胡闹的事情,是个理想的公民。

我认识姬十三的时候,他从舟山群岛来到北京,像一条鱼登上陆地。他念博士,在实验室杀猴子,写作科普专栏,创办科学松鼠会。2008年,我看到他们出版的一本书《当彩色的声音尝起来是甜的》,真是脑洞大开,我到处去问谁认识姬十三。要知道,能把科学变得有趣,让很多文艺女青年觉得科学很牛,这件事多少有点激动人心。

应该是梁文道给了我电话号码。打过去后,我说你不认识我,我要找你录节目。他声音清澈,慢条斯理,弱弱地就答应了,真是一点儿也不……性感。

都叫他十三,这是个笔名,他本名嵇晓华。在上海方言里,"十三"指的是那些过分活泼,不走寻常路,偶尔无厘头的女人,多少有点贬义。他取这个名字,是因为第一任女友是复旦新闻系的,新闻系的数字代号是十三。

姬十三的女人缘其实很不错,但怎样把女性朋友变成女朋友,还真给他带来了小小的苦恼。姬十三的征婚帖一度刷爆了知乎、微博和朋友圈,他见了不少女孩子,最多的时候一天十几个。他的标准很稳定:要貌美,懂事,能结婚的。这场浩大的征婚事件最终并没什么结果,可见被感情困扰的时候,科学也没什么用。

无论你对姬十三怎么定位,有一点总要承认:他稳定。在做事和做人上,他都不怎么想一鸣惊人,不想吓唬人,也不怎么惹人注意。他懂得随机应变,但绝不会机灵得过头,令人怀疑。他温和而冷静,不节外生枝,听到讲了一百遍的笑话还是会笑。

姬十三开始做科普的时候,没人知道他能做成什么,也没人有把握比他做得好。马克斯·格利克曼说:"科学是使这一代的傻瓜都能超越上一代天才的一门学科。"但在中国的状况是这样的:每五十个人中有50%相信星座，20%相信算命，10%相信血型、属相和塔罗牌，10%相信风水，大概只有一个人相信科学。那一个人需要找到同类，这也许是姬十三最大的价值。

从非营利的科学松鼠会，到努力赚钱的果壳、分答、在行，姬十三很清醒地做了选择：他从科学核心人物变成了科学时代的记录者。我听过这样一个说法：不管在过去三百年的任何时候，如果你说"有史以来80%的科学家都还健在"，你的说法都是成立的。这的确让人心动，科学时代竟然如此年轻，它正在以不可思议的速度改变整个世界。

那么我们可以相信什么呢？
姬十三很喜欢一句话：未来已经来临，只是尚未流行。

对姬十三的拍摄，从盛夏到深冬，跨了一个年，我的确没想到。节目开拍的时候，分答突然被关进"小黑屋"，生死未卜。他挣扎了好久，还是来了。见面时我们轻轻拥抱，我问他睡得着吗，他说起先睡不着，这几天好了，说睡就睡了。每天早上和晚上收到的消息都不一样，像坐过山车。可他脸色并不难看，在现场认真吃完盒饭，我问他有没有好消息，他说：前天早上我读了新闻，人类在4.2光年之外发现了一颗类地小行星，这是最近两周最光明的事情。

2016年9月28日，姬十三在朋友圈里提到我，说分答回来了。我笑起来，眼圈红了。12月，我又去北京，他带着我逛果壳，看办公室里的恐龙和骷髅标本。我们坐在员工食堂聊天，他说：历史上从来没有一个公司被关小黑屋两个月还能回来的。

他的脸干干净净，看不出惊涛骇浪。

我有点不相信：一只猛虎伸出手，忽然被剁了爪子，以后会怎样呢？

最近的消息是：在行和分答合并了，姬十三在做更大的调整。

这并非出人意料的事，他具有一个好领导的品质，头脑清醒，不轻视任何人，不摆架子，常识丰富，学习能力强。如果有人不喜欢他，我不会觉得惊讶，但如果有人蔑视姬十三，我就有点心疼了。

# 让科学走进大众审美

1996年，我从舟山群岛来到大陆，每次形容这个过程，就是一条鱼来到了大陆。群岛生活可能跟大多数人的生活方式不太一样，因为出门就是海，方圆几公里外都要坐船。所以，小时候会觉得世界蛮小的，不知道海对面是什么，海外面又是什么，一旦跨出这片海，就会发现世界很大。从某种意义上来说，我小时候在群岛的生活状态，与二十年后在北京、在互联网的一个中心、在人类居住的地球上，去看宇宙、看未来的状态其实别无二致。有时候会感同身受地说，今天的你也是在一个岛上嘛。

2004年，我开始向媒体投稿，从一个理工男变成业余写作者时，给自己改了个名。"姬"是我自己真姓的谐音，"十三"是当时女朋友在复旦新闻系的系号。白天的我是嵇晓华，一个科研工作者，每天拿小白鼠做实验；晚上的我是姬十三，在各种媒体的科学专栏上爬格子，将枯燥的科学知识用幽默的故事讲出来。2007年毕

业时,我面临一个选择,是顺着嵇晓华的生态走下去成为一个伟大的科学家呢,还是当一个与媒体打交道的姬十三,我选了后者,这意味着我成为了一个科学的旁观者,一个科学时代的记录者。

2008年,科学松鼠会成立,这是我的第一个大作品。其实,科学写作和科学传播是一个非常有悖论的状态。在这个过程中,需要看大量的文献,从中找到蛛丝马迹,把它转换成能打动读者的故事,这是很有技术含量的,同时又要与性感的一面相结合。不夸张地说,因为我们这批青年科学传播者,过去十年的中国科学传播和写作有了很大的变化。科学松鼠会的一帮人有同样的兴趣和理念，我们曾花了很多精力去琢磨如何让大众媒体刊登与科学相关的文章，力求把科学里复杂难懂的部分转化成大众生活状态及大众审美所接受的文体。如今有很多科学爱好者和写作者，用段子或漫画等有意思的方式写科普类文章，这些形式在十几年前被慢慢地发掘出来，我觉得当初的尝试和探索是很有价值的。

2010年，我创办了果壳网，那是整个投资界充满理想主义及资本的年轻气盛的一年，同时期还有大量的文化垂直品牌被扶持。大家充满了航海时代般的信念，都相信这些亚文化方向的投资，会带来新文化及各文化亚品类的崛起，并改变人们未来的生活方式。从今天的角度来看，它仍是不那么在乎商业回报的投资，像知乎、丁香园和穷游都没有清晰的商业模式。大家都热衷于做社区，并慢慢地希望它出现商业模式，但这条路现在回头看其实不太成立。

后来，我开始回归到商业的本源去思考问题，将理想主义更好地平衡起来，尝试让知识直接产生交易，并在交易的基础上，去产生文化、社区及人与人之间的碰撞。

在行和分答都是基于这个逻辑的产物。它们始终在做一件事——帮助用户在生活中找到为他答疑解惑的那个人，并让知识明码标价。知识一直在交易，只是以前比较隐蔽而已。有大量无形的

果壳办公室内景

东西没法被具体定价和变现,如今将它们相对标准化,并投放到一个可交易的市场,这是所有历史发展的一个必然结果。

我经常说,科学太重要了,所以它不能只有科学家来干;科学传播太重要了,所以它不能仅仅由科研体系的这一帮人来干,而需要在这个体系之外有一个庞杂的系统,让科学能够顺利地进入大众审美和大众生活中。这个系统应该包含文字、影视和互联网,并且有一帮从业者在里面赖以为生,让他们从中获得成长和荣耀,并逐渐成长为各领域的专业人士。这些人正好构成了今天所谓的知识变现、知识付费、知识互联网当中的一个重要部分,这个生态体系是我们在过去五年慢慢地发展起来的，如今有更多的生力军加入进来。

创业本身就是一件有非常多不确定性的事情，你永远不知道下一个时间点，会有什么东西来斩断你的手；里面甚至有太多我经验之外的因素在起作用，所以创业团队要具备始终能抵御风险的能力。

2016年8月，分答遇到一个难关，在它暂停运营的那47天里，我基本上都是在一个非常动荡起伏的心情中度过的，那的确是过去的经验不曾覆盖的新片断。但其间有一件让我记忆犹新的事，某天早上我看到一则新闻：人类在4.2光年之外发现了一颗类地行星比邻星B，跟地球环境类似，而且上面可能存在液态水。我不知道怎么回事，瞬间觉得所有的希望都在眼前，整颗心被燃烧起来，有一种特别振奋的感觉注入到我身体里面，眼前的困境变得不再那么重要了。这可能也说明我最大的特点，是比较乐观的，或者说是一个比较能从长远的角度来看所有问题的人。

有时候我会问自己，如果时间回到五年前，当你知道创业会经历这些事情，你还会不会在五年前做出这样的决定。其实五年前所预想的所有未来的坎坷，都是把这些东西看小了。以前我听创业大佬们讲创业初期的故事时，总会觉得人家太矫情，但是当自己有所经历后，再去看他们的回忆和故事，会发现其实每句话背后都有很多伤痛。而且那种瞬间从最高点跌到最低点，过山车似的感觉，在平静的生活中是很难体会到的。

一开始，所有人都在夸你，都在传播你的丰功伟绩，但可能一个月后，所有人就都去踩你。因为媒体希望抓住典型，再将所有被夸大的东西进一步放大。由于我也是做文字出身的，当我自己从中去承受那些东西时，会比较容易迅速地用一种媒体的视角去理解并接受它。

大部分男性都有一些共同的审美标准，我个人比较喜欢那些表情丰富的女孩，她细微而生动的表情其实很容易打动我。年轻的时候，我始终会因为身高的缘故有很多焦虑和压抑，在同龄人面前觉得这好像是一个缺陷。但是，三十岁以后这些问题就慢慢地消失了，相较于相貌和身高，会更在意其他方面。

其实，人的年龄是由心态决定的，保证自己在一个相对年轻的心理和外貌的状态，应该是我们毕生追求的目标。我希望自己到了六七十岁的时候，能至少保持在一个四十岁左右的状态。我们也应该通过生物学和医学的方法达成这一点。从一名生物学工作者的角度看，人的样貌无非是父母的基因和你自己后天努力的结果。所以，我不介意身边的人去整容，没有什么东西是命中注定的，没有什么东西就应该是你的，或者不是你的。

我并不觉得美需要漫长的时间打磨，过去的时代崇尚慢，崇尚恒久，但如今的环境已经发生了很大的变化，我们对美的本质也有了更多理解，我们当然有可能以一个更快的速度去发展美，并得到解决的办法。天然的或人工的，在我看来，其实并没有什么截然的区别。

现在是一个最快的时代，比起二十年前，我们所有东西的迭代都变得更快了，意味着会有更多的犯错，更多的喧哗和嘈杂。但是，只要它在正确的方向上，能帮助人们寻找到一条正确的路，就必然能走得更快。

# When
# Lei meets Ji

我希望能够让知识的彼此，

更好地被匹配，更好地被找到，更好地被传递。

# 对话

蕾：如果让你定义这个时代的审美，你的关健词是什么？

姬：我觉得现在恰恰是一个没有大众审美的审美时代，因为每个人都有自己的审美标准，都变得十分个性化。

蕾：这是不是意味着美越来越没有共识？

姬：美可能会有基础的共识，但在那些基础的共识之上，它会带来各种变化，变得多元。

蕾：你怎么看那些根本分不出来的网红脸？

姬：很奇怪的是，我在生活中很少见到网红脸，而且我觉得活跃在网上的人和真实的人是两批人，因为网上的人都是被修饰过的，这是一个蛮有趣的悖论。

蕾：你还愿意见网友吗？

姬：今天所有的人对彼此来说都是网友。

# 马晓晖

二 胡 艺 术 家
首创"二胡与世界对话"全球巡演与讲学

# 李蕾说 马晓晖

英国《牛津时报》这样写道:"马晓晖的演奏犹如一种没有歌词的女中音般的歌声,它的音响超脱于文化和国界之上,使马晓晖的天赋和她那生气盎然的音乐才能得以像阳光一般在我们眼前熠熠生辉。"

马晓晖所演奏的,"像阳光一般熠熠闪耀的音乐",是古老的二胡。

不得不承认,欧美人更擅长赞美。2008年我第一次到美国,接待我们的是位白皮肤女士,她长着黑眼睛,有一半中国血统。她兴奋地提起:中国能够成功申办奥运真是太好了。在著名的八分钟里,张艺谋让女子们用二胡演奏《茉莉花》,那是白皮肤女士第一次看见二胡,在此之前,她并不认识这个来自东方的古老乐器。

欣赏中国的美,要有特别的条件。对一个保守的美国中产阶级来说,二胡总有些莫名其妙之处,类似于扇子和中国功夫。但音乐毕竟非同凡响,和中国画不同,它不需要费力解释技巧和灵感,所以二胡虽然很中国，但它并不是"谜一样的中国"。

即便在中国，二胡的地位也不高，比起钢琴提琴或其他昂贵的乐器，二胡不那么受重视。很幸运，一切艺术都趋向于音乐，而音乐仅仅需要感受，二胡带来的感受是美妙的。

我的母亲曾经是小学音乐老师，小时候我家墙上挂着一把二胡，因为它便宜，不占地方。我会用松香打磨弓弦，对那块纹路漂亮的蟒皮总是感到神秘。我的父亲爱二胡，却不听母亲演奏，因为母亲会的曲子都太简单，父亲只爱一首《二泉映月》。他常常弄暗灯光，用收音机循环播放。这种时刻让我感到害怕，因为这曲子太凄凉，像是有很大的坏事就要发生。二胡留给我的印象，一直是这么凄凉，像冰冷的月光。

马晓晖的二胡却很轻快，它的确像阳光一般熠熠生辉。

我第一次见她，是在一个饭局上。她来得晚，长腿长发，眉目如月，端着一把绚丽的大红色二胡，这让我暗暗吃惊。有人提议她拉一曲，我以为她不肯，毕竟这只是个饭局，她却没有丝毫不悦，大大方方站起来，演奏了一曲《草原赛马》。没有《二泉映月》梦一样的神秘，马晓晖的二胡有种强烈的血气，像奔腾的水，朝着大地有秩序地奔流，以力开河，有种必然的畅快。她的这次演奏颠覆了我缺少见识的古板印象，让我对二胡有了完全不同的体验。马晓晖对琴弦有种奇特的感受，她说："在所有乐器中，二胡与人的声音最接近。"不知道为什么，这句话让我有点感动。

马晓晖六岁学琴，十一岁看了二胡女王闵惠芬的演奏，立志要成为一名优秀的二胡演奏家。十三岁时，马晓晖从四川到上海求学，此后几十年，二胡都没有离开过她。她的足迹遍及世界几十个国家和地区，举办过三百多场个人独奏音乐会。大多数人知道马晓晖这个名字，是源于李安的那部电影《卧虎藏龙》，谭盾创作音乐，马友友的大提琴与马晓晖的二胡共同演奏，这首主题曲不仅获得了当年的奥斯卡最佳原创音乐奖，还荣获了大大小小几十项奖。

音乐本身就是饱含诗意的。二胡只用两根弦演奏，却气象万千，而时代的大合唱往往很单调，你听见很多声音，其实只有一种。

真正的丰富并不在于数量。在中国的山海关，立着一块古碑，上面有四个字"一勺之多"，据说是乾隆皇帝题写的。什么意思呢？这苍茫茫的东海，在乾隆看来，无非是一勺之多。

如果这个叫作"眼界"，马晓晖带着一把二胡周游世界，这十几年的时光，在音乐中苏醒过来的，就是她的眼界。

一个演奏家需要创造她自己的神话，马晓晖在二胡上创新，试图把二胡个性化；她请画家陈家泠先生在真丝旗袍上作画，穿在身上开演奏会,表达自己的美。我看过她的演出,由于二胡的平民性,它专属的曲目没那么多,这也带来了一些好处:二胡演奏家们都是技术派,马晓晖的保留曲目都很经典,这正是音乐激动人心之处,同一段旋律,怎样才能富于创造性?演奏家是凭借着理解和感情的浓烈区分出高下的。

那些坏的音乐之所以坏,就是表现出了一个时代中最糟糕的部分:无聊的人性,败坏的品味,像是用污浊和油腻点了灯火,以至于你一听到它,就觉得厌恶。而美好的音乐让人聪明,它距离正常生活太远了,只传授给一小部分人,马晓晖就是其中一个。

拍摄马晓晖那天,必然终身难忘。一早赶去她的工作室,六部电梯竟然全部检修,我们整个摄制团队扛着灯光、器材、化妆箱,"荡气回肠"地爬了31层楼。其实她的故事非常简单:"那个戴着王冠的姑娘",她的一切,都是二胡带来的。

# 带着二胡走世界

我生长于大学校园,在充满音乐与艺术的氛围中长大,父母虽然都是理工科的教授,但绝对称得上老文艺青年。小时候,家里有三样乐器——小提琴、手风琴和二胡,由于没有专业的老师指导拉小提琴、又驾驭不了太重的手风琴,无奈之下,我不屑地看了看二胡,只剩下它可以玩。就这样,我与二胡结下了不解之缘。

爸爸是我的第一位二胡老师,他教我学习八度和音阶。六岁半左右,我第一次登台表演时,爸爸拉着我的手、带着小板凳走上舞台,结果我没坐稳摔倒了,哇哇大哭地跑回后台,全场一片愕然。冷静了一会儿后,爸爸问我怎么想,我说还要去表演,然后,他又牵着我回到舞台。这次上台我踩得很稳,也演奏得很从容,自拉自唱了《北风吹》《我爱北京天安门》等曲子,这成为当晚最出彩、最活泼、最具亲和力的一个节目。

这次经历可能奠定了我从小永不言弃的性格,我与舞台的缘分

毕业后返故乡成都辅导小朋友

十五岁与恩师王乙教授

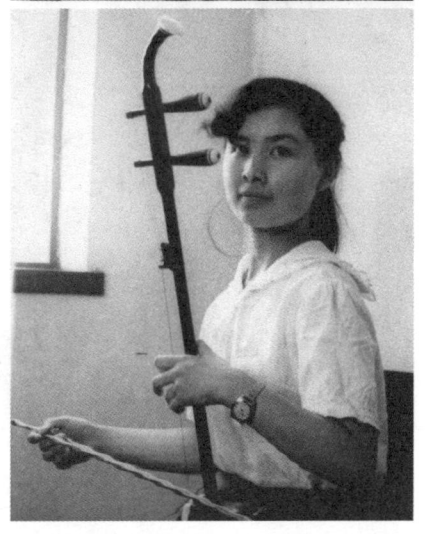

十四岁拉二胡

也是从那时开始的。

从我六岁起选择与二胡结伴成长,到十三岁考入上海音乐学院附中,再到十八岁出落成亭亭玉立的女孩,周围的人都觉得我拉二胡有点可惜,觉得我应该弹钢琴,或者拉大提琴、唱歌,学民乐的话,弹琵琶和古筝也好过拉二胡。一听说我拉二胡,就觉得这个女孩选择错误。其实我自己也会困惑,也有来自外界的诱惑,但是我就赌气与大家抗衡,他们都觉得我会被二胡毁掉,觉得二胡太丑,太土,而且太悲。但我觉得二胡是温暖的,是浪漫的,是充满灵性的。

学习民乐、开始专业的舞台生涯后,我更懂得表达自己,对中国文化也有更深的理解。当我手拿二胡走出国门,这个像有声书法的乐器带给我一些哲学的思考,让我成长为一个爱思考的女孩。小小年纪的我就有一种使命感,立志让二胡进入大众的审美范畴,让二胡变得更加诗意和灵动。妈妈给我取的名字"晓晖",寓意着晨曦,照亮自己和他人。听起来有些幼稚,但我可能冥冥之中就往这个方向走了。所以才会在1997年一个偶然的机会下,二胡与钢琴首次合作取得成功后,"二胡与世界对话"的全球巡演便不断壮大,从巴洛克音乐、交响乐队到民间舞蹈和绘画,目前已与五十多种乐器及艺术形式合作过。

在巡演的过程中,我发现,世界上这么多国家中,仅有几个是没有语言的，但没有一个国家没有音乐，音乐的表达可以胜过语言。

印象颇深的一次是2009年，我作为唯一的特邀中国音乐家参加白宫举办的音乐会。演奏前，我问观众谁知道这个乐器叫什么时，台下的五六百名政要竟无人知晓。那一刻，我真的非常惊讶，也很受打击，尤其是我国与美国的文化交流还挺频密的。于是，我当场用英文跟他们介绍二胡的历史、发音特色等，然后拉了一首爵士作品《智慧的女人》。他们听后深受震撼，连呼返场，我又接着演奏了《空山鸟语》《河南小曲》《爱的忧伤》《赛马》，他们仍然意犹未尽，全体起立高呼。

最后我问："你们喜欢二胡吗？"这些政界要人此刻已经放下他们的矜持，答道："我喜欢二胡，喜欢中国，也很喜欢你。"这是一件让我蛮欣慰和自豪的事情，得以为二胡鸣不平。如今回想起来，在对待二胡的问题上，我是很倔强的，即使外界有过一些诱惑和捷径，我还是坚持和我的二胡在一起。

《卧虎藏龙》中二胡与大提琴的黄金组合可谓风靡全球，很多人开玩笑说："当二胡和大提琴相遇，它们就遇到了彼此音乐上的灵魂伴侣，感觉就像跨国的音乐婚姻一样。"确实是这样。

谭盾老师当初选择我用二胡，与马友友的大提琴进行一个对话，为《卧虎藏龙》配乐时，我觉得很激动，但一开始并没有急功

近利地想太多，只是很认真和虔诚地对待每一次机遇。当我很认真地练了一段给谭盾老师听时，他说："你的这种拉法不对，不能那么二胡化。大提琴要往古琴、二胡靠，你则要往大提琴那边靠，用二胡的音色将大提琴演绎这段旋律的情怀表达出来。"

曾经在一场独奏会上，当我拉完这首曲子，一位南美洲的教授泪流满面，他觉得我的演奏非常有张力和激情，同时又很清雅，悲中带有一份美感，于是他彻夜未眠地为我改编和创作了阿根廷著名作曲家皮亚佐拉的作品《再见我的父亲》，成为我一直以来的保留曲目。

从1997年至今，在走向世界的二十年中，我吸收了来自世界各地的文化，校园文化及海派文化对我也有深远的影响。作为海派旗袍的文化大使，我推崇创意，推崇美，但不会盲目跟风。我也会根据不同风格的曲目选择演出服及演奏形式，用服装和姿态传递出别样的演奏气质。

总的来说，西方的演出服是比较简单和朴素的，有一种通透和舒展之美。而我们东方的艺术表达在内敛中有一份深邃，高调里面有一份张力，张力里面还有一份婉约。所以我在演奏风格中，既要立足于中国的内敛和深邃，又会将西方那种纯粹而通透的东西注入到我的琴声中。

我也经历过人生的低谷，包括2012年在德国汉堡因为意外折断小指，以及另一次足足有半年的时间忧郁到了极致，身体和精神状况都非常差，甚至埋怨二胡令我的人生变得如此悲凉。但每一次低谷都把我逼到角落，从死穴中逼出很多光芒及生命的真谛，让我体会到任何一个困难事件的出现，背后一定隐藏着祝福。

只有和自己的关系打通了，才能打通与他人和这个社会的关系，才能通过二胡表达出一种明媚如天使般的声音。

如今，我非常关注艺术教育，并与我从事心理学研究的老公共同创办了心灵音乐工作室，将二胡音乐与心理学及哲学相结合，用音乐化解痛苦、治愈心灵，希望能为在高压社会生活的人们带来一些指引。

# When
# Lei meets Hui

二胡的声音是我的心灵的外化，

同时，

它也给我建立了一种简约而深刻、简捷而灿烂的审美观。

# 对话

蕾：你觉得女人演奏《二泉映月》会和阿炳有不同的理解吗？

晖：也许会，但是，我在演奏《二泉映月》的时候，我不会把自己当一个女性，我会觉得自己是中性的、是一个人。

很多人对二胡的印象，就是一种苍凉和悲惨的感觉，这也许同阿炳有关。他的人生非常传奇，双目虽然失明了，但仍怀有梦想。他的美里面有沧桑，沧桑里面有升华，更有一种道教的气节。

二胡的两根弦，就像天地和阴阳。这份简约和深刻、内敛和张力的结合，承载着多元的文化，所以它是比较沉重的。

可是，二胡也是有角色感和人性的，浪漫得能触及心灵深处，不仅仅是伤感的。

# 陈焕然

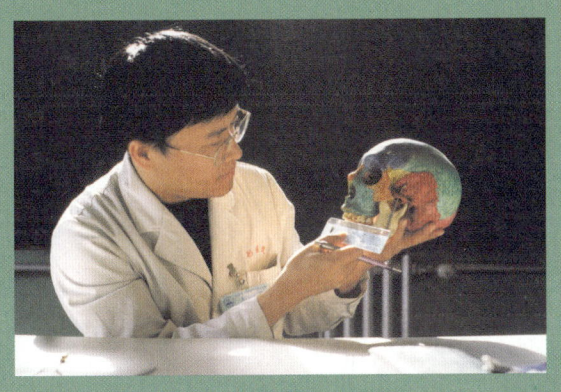

中国协和医科大学整形美容外科博士
"三庭五眼，四高三低"美学标准制定者

李蕾说　陈焕然

陈焕然博士第一次来上我的电视节目，就让我尝到了"非凡"的滋味。

那是2010年，出了件事：超女王贝整容殒命。为了说清楚整容会遭遇什么危险，陈焕然来录节目，他带了一个骷髅头来。"这是真人的头盖骨，"他说，"多年前在北京协和医院，一个二十七岁的女孩遭遇车祸，尸体无人认领，我就去把她的脑袋切下来，放进塑料袋里拎着，乘103路公交车回家。回到家，我把人头放进电饭锅里，煮了一晚上，早上起来用镊子一抖，像拆骨肉，皮肉纷纷掉落，骷髅就出来了。"

做了这么多年谈话节目，陈焕然是罕见的对手。怎么说呢？和另一个人聊天，我第一次如此地不在行。

眯了一下眼睛，我问他：那个煮人头的电饭锅呢？

他说洗一洗，第二天继续煮饭呀。

七年后,我录制《这个时代的审美》,在北京采访陈焕然。

摄像机跟着他,架进了层流手术室,这是一个需要严格控制微生物的地方。

陈焕然穿着绿色手术服,他非常瘦,眼睛是透亮的,又敏锐又沉稳。在中国人中,陈焕然的脸有点呆板,他语速极快,句句中肯,说话的时候嘴角边的皱纹向上弯,表明了他的骄傲。这个人胸有成竹,这是陈焕然给人的印象。实际上,他是一个很难快乐的人。

对着摄像机镜头,他说:我没有赶上好时代。

为什么?我感到吃惊。

我访问了那么多人,没有人像陈焕然这样直接,用刀指着时代的鼻子,说:你辜负了我,我不原谅。

这一年,陈焕然五十六岁了。

五十六岁的时候,乔布斯因癌症去世,当年苹果公司市值全球第一。1982年,作家木心五十六岁,人都说他牢狱刚过,暮年将至,木心却做了一个决定去美国。他说:我要在我的身上克服整个时代,不可把人生荒废在俗套的生活里。同样在五十六岁,那个写《归去来兮》的侯德健说:"我不再背着手尿尿,都服了。"他登台,年轻人不知道他是谁。

时代不知如何是好,有些漂亮的人渐渐老了,另一些人返老还童。

陈焕然身上究竟发生了什么呢?

他说：我常常睡不着，半夜醒来跟自己说话，我说陈焕然，你是应该得诺贝尔奖的人啊，难道就在这里一辈子给人拉双眼皮、垫个胸吗？

他耿耿于怀：如果我赶上好时代，在我的专业里，我肯定很牛，我是世界级的。

每一句话，都有个"我"字。

像少数艺术家一样，陈焕然很早就知道自己的天赋，他决定成为一名医生。

的确有这样的人，他们的命运在时间到来之前已经形成。

1983年，陈焕然二十岁。在北京进行了一例手术，中国人民解放军开国少将张书祥家的小七子从男变女，更名张克莎，成为中国有记录以来最早的变性人。到了1997年，陈焕然开通了中国第一个以变性为主题的网站"中国变性之路"。这一年金星从他变成"她"，要再过二十年，人们会通过一档名叫"金星秀"的电视节目熟知爱穿旗袍的"金姐"。

整个二十世纪九十年代之后的十五年里，中国大约有三百多宗变性手术，其中70%~80%都是由陈焕然操刀的。有一年参加修订《婚姻法》的讨论，陈焕然跟李银河说："我做这类手术，受到社会各界太多指责，压力很大，真的不想做了。"李银河嘴笨，也没什么办法安慰他。直到2004年，陈焕然遇见了一位僧人，这种动荡的情绪终于平复下来。

僧人对他说了一句话：佛祖普度众生，只求众生心灵快乐安宁。

其实，陈焕然医治过的很多人，即使改变了性别也不一定过得快乐。他们会回来找他诉苦，有些人遇到困难，就住在他家躲一阵子。这让陈焕然开始思索：怎么才能让变性人真正成为一个完整的女人？男人能生孩子吗？

他是个彻头彻尾的实干家，绝不允许疯狂的念头停留在大脑里，他想到什么就做什么，像罗盘一样准确无误，为此陈焕然启动了"男妈妈工程"。

2004年，他向媒体宣布"男人生孩子"这件事十年内实现，还公布了一张操作程序示意图。

科学的脚步谁也无法阻挡，但一个人的命运往往会在时代中悄悄拐弯。

2017年的下午，我和陈焕然聊了三个多小时。

在很多人眼里，陈焕然是个牛人。他研究中国历代审美和黄金分割定律，总结出"三庭五眼，四高三低"的审美标准，这个"陈氏标准"被他写在自己二十多年前的博士论文里，影响了中国大半个世纪，成为这个时代的"美人度量衡"。

他采集种种美丽的脸。对于人体器官,陈焕然的所知所见真是太丰富了,简直是一所老古玩店,五花八门、零零碎碎,从王思聪的女友们鼻子是真是假,到金星可以通过喉结改造来获得另一个声音,他醉心于技术,并不关心道理。

他写专栏,抨击中国13亿人中有10亿美盲,观点说服力之强,独树一帜。他的文章有两个特点,一是合理,二是公平。合理来自他三十年做整容外科医生的理解,文字有手术刀一样的严谨。公平主要是他思路清晰,不囿于成见。

可是,我之前说过:实际上,他是一个很难快乐的人。

这个时代对不起我。陈焕然说:前几年荷兰有一对兄弟得了诺贝尔提名奖,我看了他们的论文,和我当年做"男妈妈工程"的研究方向是一样的。

他没有实现这个雄心,因为此生都无法实现,雄心让他受苦。

五十岁之后,陈焕然开始打坐、禅修,常常住在大理的高山上,也不接电话。我邀请他来上海参加会议,走红地毯,他认真地穿西装打领结,说:身体真是很麻烦,我等着有一天大脑能够直接下载到什么地方,那就解脱了。

我问他:打坐时,那个让你最舒服的状态是什么样呢?

他说:物我两忘,时间空间感都消失了。下来后看什么都顺眼,听什么都美妙,吃什么都好吃。

有一天他忽然说:你们那个总导演阿顾,如果做变性手术,一定是个大美女。真的,前半辈子做男人,后半辈子做女人,这样多赚啊。

我问他在哪儿。

他说:高山上,寺庙里。

## 医美行业的科学狂人

人有时候回顾自己前半生真的很神奇，不是你想干什么就能干什么，不是你设计好的，往往是一个偶然的因素，就决定了你的人生走向。

1982年参加高考时，由于家庭因素，以及医生这个职业的稳定性，我填报的十五个志愿全是医学院，而且后面都括注不服从分配。虽然我立志从医，但当时还真没想到自己会成为一名整形医生。正规地当个整形医生是很难的，不仅门槛高，还需要通过审美、解剖和练习的机会这三大关才能有所成就。直到本科毕业后，我在《健康报》看到一篇介绍整形外科教授陈宗基的文章，被他的各种手术绝招吸引，于是下定决心报考协和医科大学研究院。通过各种科目的考试后，才如愿师从陈老师。所以说，"知识改变命运"这句口号，在我身上体现得非常完美。

全球整个人类的整形外科发展，其实都跟两次世界大战有很

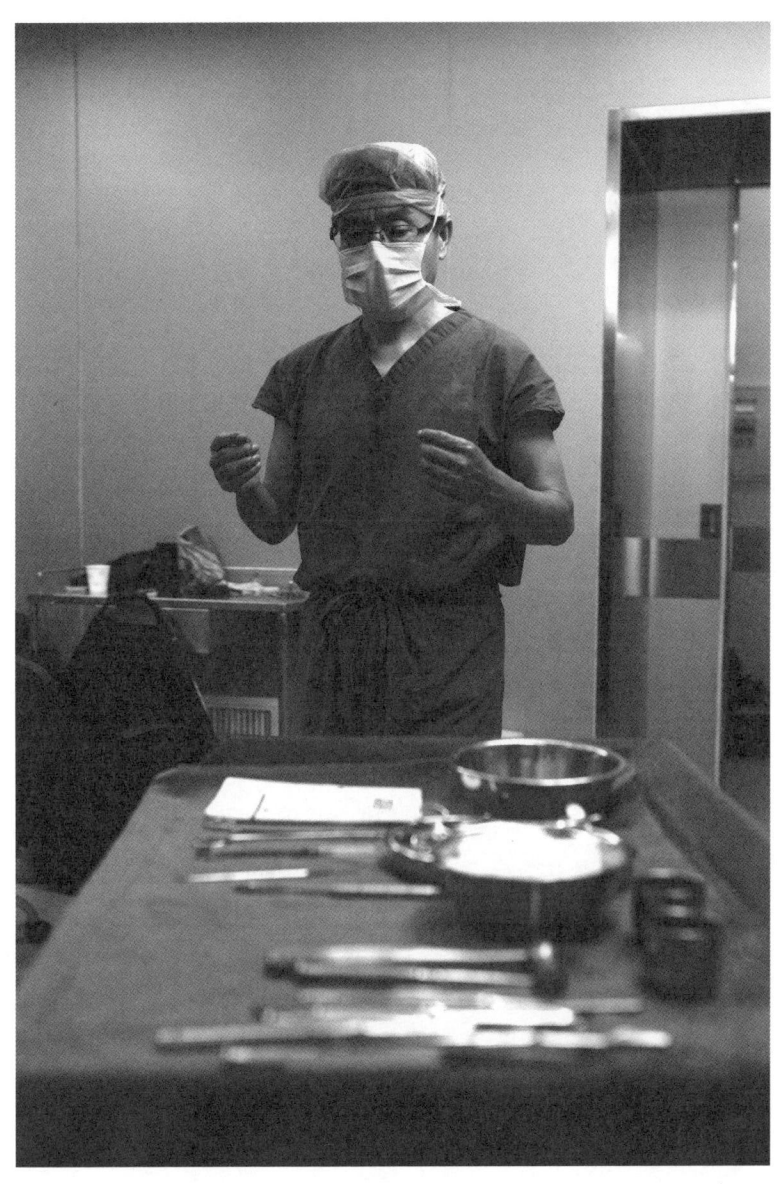

北京协和医科大学博士毕业照

大关系。没有战争的话,哪有那么多伤残需要整复、再造面容后回到社会生活中呢?中国的整形术也是从抗美援朝后,才有了很大的发展。当时的整形手术主要是为人民服务,帮助那些伤残的、工伤的,以及先天性畸形和一些疾病肿瘤切除后的患者,做一些整辅和整形的恢复。因为美容手术被视为资产阶级的一套,不能大肆开展。我们大部分做的是解决真正的缺陷,而不是为了审美的需求。这样算下来,医疗美容在中国的发展只有二十多年。

刚入行时,我比较狂热,除了解剖尸体、做骷髅标本研究人体构造,还会拎着我的专用工具箱满大街找美女,里面装有各种卷尺、角尺、蜡模、石膏粉等合手的手术器械。只要哪个女孩长得好看,我就会去搭讪,告诉人家:"我是整形医生,职业病比较严重,能不能把你的鼻子做个模型,或者让我拍张照片,拿回去研究呢?"

这是二十多年前的事,那时候的人很单纯,都很愿意配合。我秉信一个理念:如果一个整形医生没有见过特别漂亮的鼻子和眼睛,甚至是漂亮的胸或臀部,你怎么能承诺一个女孩可以帮她做成那样呢?

一个女孩好不好看,首先要看脸形和头型。好似一间房子,户型最要紧,而不是外观和装修。从我的角度来说,看美女是有顺序的,从远至近,首先是身材比例和款款而来的走路姿态,然后是头型、脸形和额头,以及五官之间的搭配,最后才是五官的细节。所以整容也应按照这个顺序,首先要做脸形,再做五官之间的搭配比例调整,最后才做五官本身。但是大部分中国的整形医生都做错了、做反了,他们只在做五官本身,因而有很多奇怪和失败的案例发生。

从专业的角度看,网红脸绝对不是美,也不是一个审美趋势。

它最大的失败在于没有差别,没有个性,没有做自己。我以前不理解,现在明白这是一个经济现象。这些小孩也不容易,因为她没有别的技能去赚钱养活自己。从这个角度看我是认可的。在我们协和医大的院墙上,有一句马克思说的话:"社会的进步,就是人类对美的追求的结晶。"

现代人追求变美，完全是社会进步、经济发展的一个结果。每一个人生在某一个时代，都有权利去享受这个时代的科技进步带来的成果，这是不能被剥夺的。你只需要找到一个好医生，实现你整容的初衷和目的，不要将整容变成毁容。这个才是爱美者需要关注的点。

我以前开玩笑，把整容行业的混乱现状总结为一个手掌：第一档是代表死亡的小指，因整容死亡的案例时有发生，小到割双眼皮，大到做磨颧骨，都潜藏着风险；第二档是代表"整毁了"的无名指，比如有很多在韩国手术毁容无处上诉的案例；第三档中指是整容后比以前难看；第四档食指代表整容后和以前没太大变化，白花钱受罪；第五档大拇指就代表整容后更好看，但只有20%的可能性。

资本市场进入中国的医美行业后，整个行业比以前更混乱了。但这是暂时的，再过个三年五载，一定会回归到理性。中国的医美要完全变成一个安全的、对老百姓有意义的、能真正实现美容的行业，就必须借鉴发达国家的制度：让医生以独立法人的身份，以自己的名誉，直接面对患者，并承担相应的责任。不要让资本家进入这个特殊的医疗行业逐利。不然大部分医生眼睛里面看到的是钱，而不是创造美。只有法律观念上比较靠谱了，才能正本清源，确保市场的纯洁性和行业的规范性。

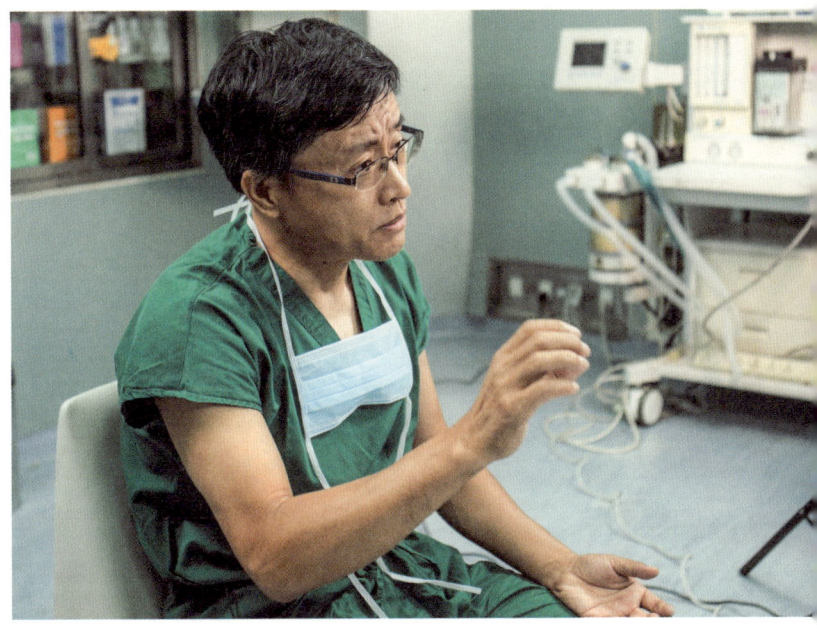

具体而言,这个行业的一大误区是,一个女孩去做咨询和手术,所谓的前台和形象设计师都是挖的坑,必须让那个在手术台上戴口罩的医生直面术前和术后,而不是被企业和资本家保护起来。

另一个暗含的陷阱是,整容手术,尤其是五官的整容手术,尽量争取局麻。整容是差之毫厘,谬以千里的一件事。局部麻醉不仅可以避免整个面部肌肉系统瘫痪,还利于达到整容审美中动静态结合的效果。

在这个环节上,审美是最要紧的。中国现在的文盲几乎没了吧,但美盲还有很多。

何谓美盲？第一种是特别爱美，但是不知道什么是美；第二类是因为不懂、不了解美而盲目地追求美，这是很可怕的。只有将整容提升到美育的高度，提高民众的基本科学素养，让他们知道什么是美，什么是适合自己的美，消灭大部分美盲之后，才能让所有无良的黑诊所和庸医没有市场。这是民间最大的力量。

找我做整容的话，一般要过三关。第一关就是心理关。每一个整容的人都有一个故事，极少有没什么故事就来整容的情况。如果接触后发现有心理问题，就会把她转到安定医院做心理测试。诊断结果证明精神、心理都正常，才能进入第二关——审美关，也就是通过聊天判断她的审美观是不是正确，或者说是不是现实或靠谱。很多女孩没有正确地认识自我，一心只想把自己的脸换成别人的。我就会跟她说：你回家买个镜子，每天早中晚三次，每次看自己三分钟，学会接受自己后，你就不用来整了。每个人都有独一无二的一张脸，只有做自己才有个性，才是真正的美。很多女孩我都没给动刀，她反而感谢我，因为我帮助她恢复了自信。

第三关是手术的风险关，拿一张A4的白纸，将手术所有的近期、中期、远期的并发症和坏处列出来，让她夜深人静的时候拿出来看看。一般看完之后，十个里面就有七八个打退堂鼓了。在我看来，整容是一个互相信任、互动的过程，一定要找到知音，审美观契合，两个人的劲往一处使，才能让我进入到狂热的创作状态中。

真正的整容高手追求的境界是,你做完手术后,你还是你自己,但是比以前漂亮很多。而且自然到没有任何人能看得出来。这才是整容是否成功的标准。而不是整完之后,没死,没伤,没有毁,就够了。

时至今日,我已整人无数,而且我自认为基本上天衣无缝,别人看不出来。所以我觉得自己是一个造假的最大源头,打假首先得打我才行。真的。

# When
# Lei meets Ran

"你有多爱美,就有多大的勇气。"

"谁动了我的奶酪,谁动了我的脸,我必须知道。"

# 对话

蕾：你会以什么样的眼光去看一个女孩？以一个男人，或是一个叫陈焕然的医生，还是一个想对未来人类技术做出贡献的科学狂人？

然：其实，我现在觉得基本上每个脸都是不需要整容的，肉体要承受太多痛苦，假如能把意识提取出来，换了机器的面孔就好了。特别是修行之后，悲悯之心特别重。
我经常问自己，这一辈子就这样过下去吗？挣了这些钱有什么意义呢？这个生命不是我想要的。

蕾：你想要的生命状态是什么样的呢？

然：我想要解放自己，我想要达到三个层次——看天地，见众生，见自己。然后，我想发展公益事业，为真正需要做整容的人做手术，同时做一些与美育和科普有关的工作。

# 胡文阁

国家一级演员

北京京剧院梅兰芳京剧团领衔主演

## 李蕾说 胡文阁

我第一次见到胡文阁大概是三十年前了。

在一个工人文化宫演出,他"女声男唱",背对着观众出场,慢慢转过身来一亮相,台下就响起一片尖叫、鼓掌和吹口哨声,大家就是为了来看他。那是二十世纪八十年代的场景。

1986年,胡文阁作为反串歌手红了。

2006年,李玉刚在《星光大道》走红。

如果胡文阁继续唱歌,还会不会有李玉刚?

这是一个在胡文阁看来"很没意思"的问题。

2001年,胡文阁拜梅葆玖先生为师,成为梅派第三代男旦传承人。梅葆玖先生从不轻易收男徒弟,要求特别严格,胡文阁却成功拜师。

我第一次拍摄胡文阁,是在北京天桥。光绪年间,这里还有一座高高的桥,汉白玉栏杆,是供皇帝到天坛祭祀时使用的。现在这个叫天桥的地方并没有桥,我站在广场上,风很大,有人在抖空竹、遛狗。半空中有一幅海报,是胡文阁饰演的大唐贵妃,他在这里彩排。

三十年前胡文阁惹人注目之处,现在依然惹人注目。他有一双含情脉脉的眼睛,鹅蛋脸,黑头发整整齐齐,脸刮得干干净净。岁月并没有改变他多少,他看起来很年轻,额头饱满,面色红润,两片灵活的嘴唇,一举一动,轻松坦率。

他原名文革,后来改为文阁。
这一字之差,是胡文阁半生的故事。他逼迫自己重新勾勒"胡文阁"的轮廓,拔着自己的头发离地三尺。单从外表看,我觉得文阁是从一个凡俗人变成了艺术家,而不是从艺术家变成了凡俗人。

跟着胡文阁在后台游荡真是快乐呀。那些凤冠霞帔、箱笼刀枪让人着迷,催场的人是大嗓门,凡士林和油彩气味儿四下流窜,到处乱哄哄,派头很大。
在长走廊尽头,文阁有个单独的化妆间,这是角儿才有的待遇。演出开始前,他要在这里度过很长一段时间。
我看得仔细,他中等身材,十分匀称,虽然是旦角,但体格并不娇弱,站姿挺拔。他给人的印象是:不好安静,能够眼观六路耳听八方。缠头、排练、穿着几十斤重的行头,其实登台就是打一场艰苦卓绝的大仗,可他卸了油彩,露出自己的面容,还是天真又雍容的样子。我忍不住想:杨玉环就是这样的吧。

拍摄分了三次,其中一个下午我们聊了三个多小时。聊男人演女人难在哪里?聊梅先生的逸事,聊男旦会不会消失……

让我印象深刻的是,即便是讨论极其尖锐的问题,文阁都能侃侃而谈。他有一种对于京剧的自信,我们并排坐在一张旧沙发里,他抑扬顿挫的声音,曼妙的手势,眼神和表情的变化,都像是出于诗歌。我深深被他吸引,甚至忽视了他对某些问题的看法。

不管了,我心里想:他真是迷人啊,我甚至想跟他学唱戏了。

重要的总是演出。文阁说:我毕竟已经五十了,好多动作都做不下去了,也累。但他依然渴盼着登台,像第一次那样。他推广京剧,给市民开讲座,参加电视节目。由于他身上夸张的戏剧性,人们很容易把他设想为一个很不简单的人,说也奇怪,若你见到他,会觉得他是一个纯朴、天真的人。这个印象,应该来自他的轻快、热情和滔滔不绝的口才。

在服装方面,文阁不算讲究。只要舒适,起了毛球的练功服围上一条围巾就能见人了。可是在舞台上,他非常规矩和讲究,一招一式都像表演了一百多年，每个细节都不容更改。

我常常分不清楚，胡文阁是舞台上那个角儿，还是个冲动又爱笑的朋友？我总有种感觉，如果不做舞台上那个人，他也会活得有滋有味。

不管文阁在哪里做什么，他身上总是保持着西北人特有的耿直和忠诚。请千方百计和他交朋友吧，比他更漂亮、更聪明的人也许有，比他更真挚和诚实的朋友却很难找到。

# 我是梅派第三代男旦传承人

我与师父的相识是缘分，也是宿命。

1993年，我怀着紧张的心情第一次见到师父，他特别和蔼可亲，还对我说："我看过你的表演，还是很健康、很舒服的。"

那时我想，梅先生作为这一行的代表人物，对男人演女人很有心得，他这么说证明我的路子是对的，骨子里的气质是正的。因为这行难在拿捏尺度、对界线的划分，既不能太过，让人家觉得恶心，也不能不到位，显得艺术不够成熟和完美。当时我还在唱歌，第一次与师父见面时根本没敢往拜师那儿想。但从1996年起，随着年龄的增长，我有个想三十岁后回归戏曲的愿望，没想到后来一语成谶，不但回归戏曲，还成为梅先生如今唯一的男旦弟子，真是受宠若惊。

但最初的两年，我学得真的很吃力。我没有任何京剧的道白和演唱的基础，只能填鸭式地没日没夜地学，到最后因为学得太猛，

和师父梅葆玖先生同台

学完一天的戏回家看录像带时都会想吐。学戏毕竟是个循序渐进的过程,如果没有任何预备和基础,一下子就进入梅派的大戏,确实会感到很费解。但师父从来没有觉得我学得慢、对我发脾气,他知道我压力大,总是在鼓励我,不让我对他有畏惧感,即使对我有意见,也是通过别人的嘴来说我。

这十多年来,一年365天里,有300天师父都在手把手指导我,教我做人及演戏的道理,让我受益终身。其实,上台最难的是心理的调节,有一定的名气后,观众的期望值会更高,压力自然就会出现。作为第三代梅派男旦传人,如何面对压力、学习师父包容的品质、为人处世的方式,对我今后的影响是十分重大的。

《生死恨》剧照

中国的戏曲艺术与别的国家有很大不同，念白和手势都是别国没有的，而且非常适合于男旦的表演。它的动作和表演既是写意的，又是夸张的，更是程式的，这三个特征加起来会产生一种虚拟的距离美和时空美，不能按照真实生活的要求去完成。所以它适于以第三者，一个他者的身份来进入这个角色。

京剧与昆曲虽然都是古典戏，也是有区别的。昆曲是载歌载舞，逢唱必动，逢动必舞的；京剧则是有过门，在唱的时候是静止不动的，其中的念白有很多高音，比唱还难，不是简单地说话。

作为一个时代的弄潮儿，年轻的时候我也尝试过很多新鲜事物，包括走穴唱流行歌、进行反串表演，以第一个吃螃蟹的另类形象出现在公众面前。我是1986年出道的，李玉刚是在2006年《星光大道》红的，他能火起来说明这二十年时代在发展，但大家还在追求这种选秀节目也是一个悲哀。我很感谢那个时代带给我的磨难和历练，让我意识到男扮女装唱歌的这条路走不长，它只能是一段时期的时代产物。

中国的这种男尊女卑的观念比东方任何国家都要根深蒂固，一个大男人演女人，想让别人尊重你，是一件很难的事情，除非将它变成纯艺术性的。

拿我自己做反串来说，大家只会觉得是在哗众取宠，我得到过这方面的实惠，同样也受到了伤害。所以我后来冒着很大的风险，在唱歌正赚大钱的时候，毅然决然地放弃它，以至于跟家人产生了分歧，甚至妻子和朋友都失去了，带着对传统艺术的崇敬与向往，走上一条正规的，在世人眼中最高境界的艺术道路，那就是旦角。我十一岁进入艺校学戏曲的基本功，后来又跟随京剧教育家李德福老师学习旦角的知识，所以对旦角始终有很深的感情根底。

其实我离经叛道不止一两次了，从我反串唱歌起大家就在非议，等我进入梨园行、京剧界后，很多人也在质疑说："胡文阁胆子真大，没有一个唱秦腔的演员能改唱京剧。"

一开始，所有人对我的选择都持一种怀疑和惊讶的态度，甚至

《霸王别姬》剧照

《贵妃醉酒》剧照 收录于
《砥砺奋进》明信片珍藏册

有很多看笑话的人。但如今我能独挡一面,唱那么多梅派戏,有那么多认可我的艺术的观众,甚至连拜了我师父的师妹都跟着我学,令我感到很自豪,不枉师父培养我这十多年。最值得我骄傲的,是从2014年开始的梅大师"双甲之约"世界巡演,我作为领衔主演,单挑两出著名的戏《贵妃醉酒》及《穆桂英挂帅》,在世界各大剧院引起空前的反响。

卢燕姑姑曾经跟记者说:"我第一次看文阁的表演时很吃惊,

仿佛看到我义父（梅兰芳大师）的影子了。"这句话确实有点高抬我了，我同梅大师及师父之间都是有天渊之别，不可同日而语的，但是她的这番话让我看到，最起码自己这么多年的努力和表演让她觉得是这么回事儿。

与梅兰芳大师所处的时代相比，现在的社会不再以戏曲为主宰，京剧艺术也不是主流。我们这一出《大唐贵妃》两场爆满已是奇迹，那是因为梅兰芳大师和我师父的效应和魅力，以及观众对这出戏的厚爱。除了感恩，我这一生都会好好地做一个传承者。但是过后又会怎么样呢？这是个很现实的问题。现在我倒不关心别的方面，最关心的还是男旦的发展和传承的问题。

师父生前也告诉过我："我对你好、培养你，并不是为你胡文阁这个人，我是为了梅派男旦艺术的传承问题，从我爸爸到我，再追溯到祖上的梅巧林，已经有好几代了。现在我把梅家所有的希望寄托在你的身上，你得第四代、第五代，一代一代地传承下去。"但是这谈何容易。现在京剧、戏曲愈趋小众化，很多年轻人都不愿涉足这个领域，因为这个行当太苦，而付出和回报又是不成比例的。

传统艺术面临现在这样的一个局面，从二十世纪它的发展到鼎盛时期，再到现在的衰落，都是一个正常的过程。但京剧作为我们的国粹，成为传统文化中的一个代表，梅派艺术更是代表中的代表，传承是整个戏曲界一个必不可少的词语。男旦艺术是中国艺术不可或缺的一部分，但大家现在还没有意识到这一点，如果将来真的后继无人，到时候整个民族后悔也来不及了。

  而且，我觉得自己在传承上真正能做的事情还是微乎其微的，还需要政府和民间的力量。因为传和承都是一脉相承的事情，是一个轮回，这一代人走了，下一代人接上。所以我真的是希望能够培养出一些应届毕业生，哪怕他们是一张白纸，但具有一定的基本功和嗓音条件，形象好，有悟性，这样培养起来会快很多。但现在这个范畴还是一片空白。我不能净培养业余的男旦，业余的不能登台，不能全方位地继承和传承，这是要命的事情。

  说实话，我对现状真的不太乐观，将来还是个未知数，只能默默地把自己做好，然后默默地去寻找和培养。至于能不能成功，只能听天由命了。我都快五十岁了，其实只要对得起自己，不枉我这一生，就ok了。

# When
# Lei meets Ge

戏曲这个特殊的行业起源于生活,更高于生活。

# 对话

蕾：在梅派的传承中，特别讲究做人，是吗？

阁：艺术的修炼是循序渐进的，但戏曲界可能会比其他艺术更重视你的人品，以及作为传承人的口碑。梅兰芳大师在这个方面的影响力太大了，可能会在这个话题上，给人一种浓墨重彩的感觉，其实真的是这样。

蕾：做你们这行的不易在哪里呢？

阁：艺术方面的艰难是肯定的，但最难的还是生存问题。关心传统艺术的人越来越少，导致京剧的上座率不高，演出者的收入和社会地位都是负增长的。

蕾：你会觉得委屈吗？

阁：不委屈。从事这行一定要心甘情愿，把它当作一种乐趣。传统艺术的魅力是无穷的，像大海一样。

# 李蕾

**作者、主持人、声优培训师**

曾任陕西卫视《开坛》、CCTV《1起聊聊》
上海电视台《风言锋语》主持人
曾获"金话筒"奖提名、年度媒体新锐人物奖

微信公众号"美的专业主义"创办人
《李蕾声优课》《声音小明星》等知识付费课程导师

已出版
《锄禾》《妖祥门》《藏地情人》《美是步履不停》等图书

看完书还意犹未尽吧？
请观看《这个时代的审美》纪录片

**这个时代的审美**

**产品经理**｜杨颖婷　　**监　制**｜陈　曦
**装帧设计**｜王　雪　　**美术指导**｜朱镜霖
**特约编辑**｜顾振华　　**责任印制**｜梁拥军
**技术编辑**｜白咏明　　**出 品 人**｜路金波

图书在版编目（CIP）数据

这个时代的审美 / 李蕾编著 . －西安：三秦出版社，2018.9
ISBN 978-7-5518-1894-0

Ⅰ.①这… Ⅱ.①李… Ⅲ.①访问记－作品集－中国－当代 Ⅳ.① I253

中国版本图书馆 CIP 数据核字（2018）第 196927 号

## 这个时代的审美

### 李蕾 编著

| | |
|---|---|
| 出版发行 | 陕西新华出版传媒集团　三秦出版社 |
| 社　　址 | 西安市北大街 147 号 |
| 电　　话 | （029）87205121 |
| 邮政编码 | 710003 |
| 印　　刷 | 北京尚唐印刷包装有限公司 |
| 开　　本 | 880mm×1230mm　1/32 |
| 印　　张 | 7.5 |
| 字　　数 | 146 千字 |
| 版　　次 | 2018 年 9 月第 1 版 |
| | 2018 年 9 月第 1 次印刷 |
| 印　　数 | 1-9,000 |
| 标准书号 | ISBN 978-7-5518-1894-0 |
| 定　　价 | 49.00 元 |
| 网　　址 | http://www.sqcbs.cn |

如发现印装质量问题，影响阅读，请联系021-64386496调换。